DOCTOR STRANGE

닥터 스트레인지의 미스터리 월드

글 빌리 렉스, 닉 존스, 대니 그레이던

THE MYSTERIOUS WORLD OF
DOCTOR STRANGE

닥터 스트레인지의 미스터리 월드:
닥터 스트레인지의 모든 것

1판 1쇄 발행 2016년 11월 1일

글 빌리 렉스 Billy Wrecks, 닉 존스 Nick Jones,
대니 그레이던 Danny Graydon
번역 이혜리
감수 김닛코
펴낸이 하진석
펴낸곳 ART NOUVEAU
주소 서울시 마포구 독막로3길 51
전화 02-518-3919
팩스 0505-318-3919
이메일 book@charmdol.com
신고번호 제313-2011-157호
신고일자 2011년 5월 30일

ISBN 979-11-958318-0-7 04840

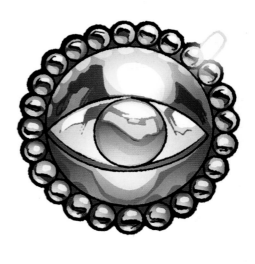

© 2016 MARVEL

Page design copyright © 2016 Dorling Kindersley Limited
First Published in Great Britain by Dorling Kindersley Limited.
Manufactured in China

A WORLD OF IDEAS:
SEE ALL THERE IS TO KNOW

CONTENTS

FOREWORD

머리말

"닥터 스트레인지의 이야기는
본질적으로 구원에 대한 이야기다."

닥터 스티븐 스트레인지는 만화책 〈Strange Tales〉의 짤막한 이야기 속에서
처음으로 모습을 드러냈다. 이야기 속 닥터 스트레인지는 신비에 둘러싸인
인물이었다. 우리는 단지 그의 이름이 세계의 '속삭임 속에서 들렸다'는 것과 그가
감히 악몽의 영역에 들어갔던 사람이라는 사실 정도만 알고 있었다.

몇 편이 채 되지 않는 이야기를 읽으면서 우리는 이 불가사의한 남자의 진실을
알게 된다. 스트레인지가 교통사고로 경력이 완전히 끝나기 전에는 그가 얼마나
유능하지만 오만한 외과 의사였는지, 어떻게 치료법을 찾기 위해 세계를 헤매게
되었는지, 어떻게 미스터리한 마법 가르침을 받아들이고 완전히 새로운 삶을
살게 되었는지, 새로이 얻은 지식들로 우리의 어두운 상상조차 초월하는 강력한
적들로부터 어떻게 세계를 지켜내는지에 대해 나와 있다.

닥터 스트레인지의 이야기는 본질적으로 구원에 대한 이야기다. 그리고
이 이야기는 코믹스 역사상 가장 뛰어난 사람들을 통해 만들어졌다. 스탠 리,
스티브 딧코의 초기 이야기에서부터 로이 토머스와 진 콜런의 초자연적인
사이키델릭아트를 거쳐 스티브 엥글하트와 프랭크 브루너의 우주 이야기,
제이슨 에런과 크리스 배커로가 쓴 최근 모험담까지…. 닥터 스트레인지는
자신의 창조자들에게 최고의 기량을 발휘하게 만들었다.

난 닥터 스트레인지 시리즈를 쓴다는 굉장한 특권을 누렸다. 또한 톰 서턴,
마이클 골든, 마셜 로저스, 폴 스미스, 마이크 미뇰라 등 여러 명의 진정한 코믹스
아티스트들이 내 이야기에 생명을 불어넣어 주는 엄청난 행운을 만났다.

그리고 이제, 닥터 스트레인지 코믹스의 세계를 안내하는 이 훌륭한 가이드북을
만들기 위해 DK의 재능 있는 인재들이 모였다. 만약 닥터 스트레인지를 처음으로
만나는 독자라면, 환영한다. 당신은 지금 엄청난 기회를 잡은 것이다. 닥터
스트레인지의 모험을 처음부터 봐온 독자라면, 다시 돌아온 것을 환영한다!

로저 스턴
전설적인 코믹스 작가
& 베스트셀러 작가

CHAPTER 1
STRANGE MAGIC

닥터 스트레인지는 실존하는 가장 강력한 마법사 중 한 명이다. 지구의 수호자로서 우리가 사는 세상부터 그 너머, 상상을 초월하는 불멸의 영역까지 마법의 위협에 맞선다.

숭고하고 신중한 마법사로서, 닥터 스트레인지는 신비로운 마법의 주문과 비밀의 지식으로 어둠의 마법들과 싸우며 고대의 악마들과 악마적 존재들로부터 지구를 지켜낸다. 우주의 힘을 불러내어 우주 대재앙으로부터 맞설 수 있는 닥터 스트레인지는, 현실 세계와 그 너머의 세계에서 존경의 대상이자 두려움의 대상인 소서러 슈프림이다!

BIRTH OF A MASTER MYSTIC

마법 비술 마스터의 탄생

스티븐 스트레인지는 뛰어난 외과 의사였지만 그만큼 거만함이 하늘을 찔렀다. 그러나 차 사고로 손에 신경 손상을 입으면서 순식간에 모든 화려했던 경력이 끝이 났다. 더 이상 수술할 수 없는 손이 되어버린 것이다. 자기 연민에 빠진 채 끔찍한 현실을 받아들이지 않던 스트레인지는 전 재산을 쏟아부으며 치료법을 찾아 헤맸지만, 결국 알코올의존증에 빠진 부랑자 신세로 전락하게 된다.

▶ **스트레인지의 운명**
부유한 환자들의 돈을 빼낼 생각에
정신이 팔려 구부러진 길을 보지
못하고 그대로 돌진한다.
바로 그 순간, 그의 운명은
영원히 바뀌고 말았다.

◀ **망가진 손** 다친 손을 바라보면서 닥터 스트레인지는 이미
의학의 힘으로 고칠 수 없는 지경에 이르렀다는 사실을 깨닫는다.

힘을 얻는 길

인생의 암흑기를 걷고 있던 닥터 스트레인지는 어느 날 에인션트 원이라는 신비한 치유자에 대한 소문을 듣는다. 스트레인지는 마지막 남은 재산을 털어 에인션트 원에게 도움을 얻고자 티베트로 떠난다. 절망의 끝에서 평소라면 생각지도 않았을 치료법을 찾아간 것이다.

에인션트 원의 사원을 찾아내지만, 치유자가 자신을 돕길 거부하자 스트레인지는 분노에 휩싸인다. 하지만 고령의 에인션트 원이 초자연적인 공격에 맞서는 모습을 보고 깜짝 놀란다. 스트레인지는 에인션트 원이 지구상에서 가장 뛰어난 마법 수호자라는 사실과 함께 그를 공격한 상대가 에인션트 원의 제자인 모르도 남작이라는 것을 알게 된다.

스트레인지는 이 사실을 에인션트 원에게 말하고자 했으나 모르도 남작의 마법에 걸려 이 덕망 있는 노인을 도울 수 없게 된다. 그제야 마법의 존재를 받아들일 수밖에 없었고, 그 힘을 악용하려는 사악한 무리가 있다는 사실도 깨닫는다. 스트레인지는 자만심과 이

▲ **마법 기술의 숙련** 닥터 스트레인지는 티베트에 있는 에인션트 원의 사원에서 마법을 배웠다. 그는 자신이 지닌 마법적 소질에 놀랐다.

"세상을 움직이고
그 토대까지 뒤흔들고 싶다."
— 닥터 스트레인지

마법 수집품
스트레인지는 자유자재로 쓸 수 있는 놀라운 마법 아이템들을 갖고 있다. 그중 가장 주요한 아이템은 강력한 애뮬렛인 아가모토의 눈이다. 이 아이템은 스트레인지의 마음의 눈을 증폭시켜 초자연적인 능력을 놀라운 수준으로 키워준다. 스트레인지의 컬렉션과 코스튬에서 중요한 부분을 차지하는 또 다른 아이템으로는 공중부양 망토가 있다. 이 망토는 스트레인지가 날 수 있게 해준다.

야심을 떨쳐내고 사악한 무리들에 맞서 싸우기로 결심한다.

모르도 남작의 배신을 깨달은 에인션트 원은 이를 알리려 한 스트레인지에게 깊은 인상을 받고, 그에게 걸려있던 마법을 풀어준다. 그리고 스트레인지에게 자신의 수제자가 될 수 있는 기회를 준다. 몇 년 동안 육체적, 정신적인 치유를 거쳐 마법 비술을 연마하면서, 스트레인지는 내면의 신비로운 힘과 자신을 둘러싸고 있는 세상 속에 숨겨진 힘을 끄집어내는 방법을 터득한다.

에인션트 원이 세상을 떠나고, 닥터 스트레인지는 지구의 소서러 슈프림이라는 스승의 자리를 물려받는다. 아가모토의 눈에 의해 선택받은 것이다. 훗날 소서러 슈프림으로서 스트레인지의 수명이 다하면, 아가모토의 눈은 자격 있는 후보자들 중 누군가를 다시 선택할 것이다.

뉴욕으로 건너간 닥터 스트레인지는 생텀 생토럼을 세워 지구와 차원을 수호하기 위한 근거지로 삼았다.

불멸
닥터 스트레인지는 인간이지만, 엄밀히 말하면 죽지도 나이를 먹지도 않는다. 이는 에인션트 원의 죽음을 '받아들이는' 시험에 통과했기 때문이다.

STRANGE CHANGES
스트레인지의 변화

닥터 스트레인지의 눈에 띄는 이색적인 모습은 그의 신비로운 공중부양 망토 때문이다. 하지만 모험이 거듭되면서 이 소서러 슈프림에게도 몇 가지 다른 의상들이 더해졌다.

　　닥터 스트레인지의 코스튬은 마법 비술 마스터라는 역할을 돋보이게 해주는 굉장히 중요한 부분이다. 주요 요소인 아가모토의 눈과 공중부양 망토는 마법의 힘을 직접적으로 발휘하는 역할을 한다. 수년간 코스튬에 눈에 띄는 변화는 없었지만 여러 차원을 돌아다니고 시간을 이동하면서 이 코스튬에도 크고 작은 변화들이 생겼다. 몇 가지는 스스로 더하거나 빼면서 바꿨고, 악마와의 전투로 바뀌게 된 요소도 있다.

마스크를 착용한 모습
선즈 오브 사타니쉬 교단의 지도자인 아스모데우스가 닥터 스트레인지의 얼굴과 몸을 훔쳤을 때의 모습이다. 스트레인지는 지구로 다시 들어가 빌런들과 싸우기 위해 마스크를 썼다.

▶ **클래식 코스튬** 닥터 스트레인지의 화려한 의상은 몇 년간 약간의 변화를 거쳤다. 하지만 항상 독특한 클래식 코스튬으로 돌아오곤 했다.

붉은 보석에 홀리다

신비로운 보석인 캐피스탄의 별에 마음을
빼앗긴 닥터 스트레인지는 보석의
수호자인 레드 라자의 숙주가 되었다.
결국 이 터번을 두른 독재자는
스트레인지의 모든 힘을 갖게 되었다!

고난의 시기

적인 칼루와 연합해 슈마고라스에 맞서
싸우면서, 스트레인지는 눈을 빼앗기고
약해졌다. 그 상처 때문에 안대를 쓰게
되었다.

다시 소서러 슈프림으로

닥터 스트레인지의 동료 마법사인 브라더
부두가 잠시 동안 소서러 슈프림이었던
적이 있다. 스트레인지가 다시 그
칭호를 되찾았을 때, 아가모토의
눈도 돌려받을 수 있었다.

두 명의 나

패러독스는 살로메라는
악마 마법사와 싸우기
위해 닥터 스트레인지가
만들어낸 도플갱어다.

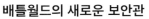

배틀월드의 새로운 보안관

멀티버스의 충돌로 대재앙이 일어난 후, 닥터 스트레인지는
배틀월드에서 아가모토의 보안관이 되었다. 배틀월드는
수많은 현실 세계의 잔해를 이어 붙여서 만든 평행 세계다.

◀ **혼자 어벤저스에 맞서다** 닥터 스트레인지는 온갖 종류의 마법적 위협에 맞서면서 지구 최강의 슈퍼 히어로 14명의 물리적 능력에도 맞서는 엄청난 도전을 통해 실력을 증명해보였다.

THE MYSTIC MIGHT OF DOCTOR STRANGE
닥터 스트레인지의 마법의 힘

잠시 동안 소서러 슈프림의 역할은 다른 마법사인 제리코 드럼, 일명 브라더 부두에게 넘어갔었다. 하지만 제리코 드럼이 살해당한 후, 닥터 스트레인지는 홀로 어벤저스와 맞서면서 이계에서 얻은 자신의 힘을 시험해볼 수 있었다. 어벤저스는 마법사 다니엘 드럼의 영혼에게 조종되고 있었고, 다니엘은 닥터 스트레인지가 자신의 쌍둥이 형제를 죽였다고 믿고 있었다. 뒤이은 전투에서 스트레인지는 다니엘의 영혼을 격파하고자 흑마법을 쓰기 전에, 레드 헐크, 스파이더맨, 씽, 캡틴 아메리카와 맞붙어 이겼다. 피투성이에 호되게 당하긴 했지만, 굴복하지 않았던 스트레인지는 다시 한 번 소서러 슈프림의 자리를 차지할 수 있었다.

독보적인 승리
스트레인지는 조종당하는 어벤저스와 싸울 때 전력을 다하진 않았지만, 순수한 용기와 독보적인 능력으로 사악한 마법을 물리치고 고통받던 어벤저스를 도울 수 있었다.

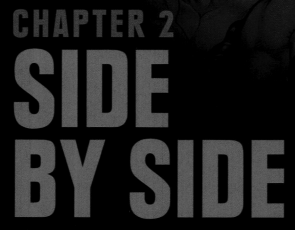

CHAPTER 2
SIDE
BY SIDE

처음에는 닥터 스트레인지도 자신의 신비한 모험에서
에인션트 원, 윙, 클레아 등 가까운 사람들에게 도움을
받았다. 하지만 몇 년의 시간이 지나면서 소서러 슈프림은
마법사인 스칼렛 위치와 브라더 부두, 히어로인 스파이더맨과
X-23, 심지어 필요할 때는 빌런인 닥터 둠과 같은 자들과
손을 잡기도 했다. 또한 닥터 스트레인지의 능력은 뉴
어벤저스와 미드나잇 선즈 등 많은 슈퍼 히어로
팀에게 도움을 주기도 했다. 그리고 자신만의
강력한 팀 디펜더스를 만들었으며, 어둠
속에서 활동하는 일루미나티의 중요한
멤버로서 지구와 우주의 모든 일들을
바로잡는 데 도움을 주었다.

THE ANCIENT ONE
에인션트 원

외과 의사 스티븐 스트레인지가 모든 것을 잃은 듯 보였을 때,
스트레인지는 티베트의 한 치유자가 자신의 다친 손을 고쳐줄
지도 모른다는 한 가닥 희망을 품고 그를 찾아갔다. 눈 속에 파묻힌
사원에 도착한 스트레인지는 강력한 힘을 가진 마법사와 마주쳤다.
그 후로 베일에 싸인 이 마법사로 인해 스트레인지의 인생은
완전히 변했고, 우주의 무한한 가능성이 빛을 밝혔다. 마법사의
이름은 에인션트 원, 바로 지구의 소서러 슈프림이었다.

▲ **현명한 스승** 에인션트 원은 닥터 스트레인지가
훌륭한 마법사가 되도록 훈련시켰다.

◀ **슈프림의 영혼**
에인션트 원은 죽은
후에도 육신을 되찾을
기회가 여러 번 있었다.

이상한 구원

약 500년 전, 티베트의 깊숙한 산속 한 작은 마을에서
에인션트 원이 될 남자아이가 태어났다. 태어날 당시
이름은 야오, 농부가 될 운명이었다. 하지만 칼루라는
나이 든 마을 사람을 만나, 불멸의 비밀을 비롯한 마법
지식을 전수받는다. 시간이 흐르면서 칼루는 점점 더
힘과 영향력에 관심을 갖기 시작했고, 야오는 마법을
자애롭게 쓰는 방법을 추구했다.

　칼루와 야오는 초기에는 함께 마을에서 가난, 질병,
노화를 없애고자 새롭게 익힌 힘을 사용했지만, 후에
칼루는 흑마법 쪽으로 눈길을 돌렸다. 그리고 마법을
이용해 마을 사람들을 자신의 뜻대로 조종하고 지배하
려 했다. 야오는 칼루를 막으려 했으나 둘의 갈등은 마
을의 파괴로 이어졌다. 칼루는 다른 차원으로 달아나

도르마무
에인션트 원은 1666년 런던
대화재가 발생했을 때
처음으로 빌런 도르마무와
싸웠다. 그리고 악의 마법을
성공적으로 물리쳤다.

"나는 언제나 경계를 늦출 수 없다… 악의 힘이 항상 나와 대립하고 있기 때문이다!"

— 에인션트 원

소서러 슈프림
에인션트 원은 소서러 슈프림으로서 뛰어난 마법을 쓸
수 있었고, 온갖 악의 마법으로부터 지구를 수호하는
임무를 맡았다.

버렸고, 심지어 야오의 불멸의 힘까지 빼앗아갔다.

야오는 그 후로도 오직 선을 위해 마법을 사용했
고, 수세기 동안 지구를 떠돌다가 에인션트 원스라는
마법사 집단을 만나 정착했다. 마법을 마스터한 야오
는 인간으로는 처음으로 이터니티를 만났고, 아가모토
의 눈을 위임받았으며, 지구 최초의 소서러 슈프림이
되었다.

야오는 히말라야에 거처를 마련하여 제자로 모르도
남작을 데려왔다. 모르도의 타락을 감지한 야오는 모르
도를 선의 길로 이끌기 위해 노력했지만, 결국 실패하
고 말았다. 하지만 그때 손을 다쳐 고통스러워하던 스
티븐 스트레인지가 나타나, 소서러 슈프림의 자리를 물
려줄 수 있는 자격을 갖춘 후계자를 얻게 된다.

▲ **기나긴 삶** 에인션트 원은 영생을 잃었지만, 강력한 마법의 힘으로
노화를 극도로 늦추어 기나긴 삶을 이어갈 수 있었다.

◀ *어쩔 수 없는 선택*
슈마고라스가 지구를 침략할지도
모른다는 사실에 닥터 스트레인지는
존경하는 스승을 죽일 수밖에 없었다.

FROM DEATH TO ETERNITY
죽음에서 영원까지

에인션트 원이 지내온 수세기 동안의 삶은 숭고한 희생으로 한순간에 끝이 나고 말았다. 가공할 만한 촉수를 지닌 괴물 슈마고라스가 에인션트 원의 마음을 통해 지구를 침략하고자 했고, 그 계략을 알아챈 에인션트 원은 닥터 스트레인지에게 자신의 자아가 내재된 부분을 파괴하라고 명령했다. 이 어쩔 수 없는 선택으로 슈마고라스가 지구로 침입해오는 길을 아예 막을 수 있었지만, 에인션트 원의 육체는 소멸되고 말았다. 하지만 그의 영혼은 초월을 이루어 이터니티와 하나가 되었다.

마법 유산
에인션트 원의 가르침은 닥터
스트레인지를 통해 이어진다.
스트레인지는 제자인 다크
디멘션에서 온 마법사 클레아에게
자신이 받은 가르침을 차례차례
전수해주었다.

나무, 물, 돌
에인션트 원은 육신이 파괴된
후에도 계속해서 닥터
스트레인지를 돕고 조언했다.
하지만 등장할 때마다 나무, 물,
돌과 같은 새로운 형태로
등장하여 새로운 소서러
슈프림을 놀라게 했다.

CLEA
클레아

닥터 스트레인지가 도르마무를 만나기 위해 처음 다크 디멘션으로 떠났을 때, 클레아라는 젊은 여성을 만났다. 스트레인지와 클레아는 서로의 인생에 큰 영향을 끼치게 된다. 스스로의 힘으로 강력한 마법사가 된 클레아는 다크 디멘션을 지배하고자 했으며, 후에 닥터 스트레인지와 결혼까지 하게 된다.

▲ **복잡한 관계** 클레아와의 관계는 사랑으로 가득했으나, 계속되는 도전에 시달리기도 했다.

소서리스 슈프림

은발의 팔틴족 공주 클레아는 얽히고설킨 관계에서 태어났다는 출생의 비밀이 있다. 다크 디멘션의 정당한 계승자인 오리니 왕자와 폭군인 도르마무의 여동생 우마르의 비밀 관계에서 태어난 것이다. 우마르는 오리니 왕자에게 클레아를 맡긴 채 사라져 버렸는데 자신의 정체를 딸에게 알리고 싶어 하지 않았다.

닥터 스트레인지가 다크 디멘션에 처음 발을 들였을 때, 클레아는 다크 디멘션의 통치자이자 자신의 삼촌인 도르마무와의 대립을 각오하고 여러 번 스트레인지를 돕는다.

클레아는 결국 닥터 스트레인지와 지구로 떠났고, 생텀 생토럼에서 스트레인지의 제자가 되어 함께 지낸다. 몇 년이 지나고 클레아는 스트레인지 못지않은 뛰어난 마법사임을 증명해냈다. 또한 멘토이자 스승인 스트레인지와 함께 많은 업적을 세웠고 지구를 지키

◀ **막강한 힘** 클레아의 대단한 마법의 힘은 지구보다 다크 디멘션에서 훨씬 더 강하게 발휘된다.

불의 힘
다크 디멘션의 지배자가 물려받는 통치의 불꽃은 클레아가 왕좌를 차지할 수 있을 만큼 강력하게 만들어주어, 클레아의 부모인 우마르와 오리니를 왕좌에서 끌어내리고 추방시켰다. 물론 잠시뿐이었지만…

▲ **마법 파트너** 클레아의 마법의 힘은 닥터 스트레인지와 거의 비슷할 정도로 막강했다. 클레아는 여러 전투에서 자신이 진정으로 필요한 협력자임을 증명해보였다.

드높은 명예
클레아는 다크 디멘션의 소서러 어뎁트가 되었다. 닥터 스트레인지의 방대한 훈련과 팔틴의 피를 물려받아, 높은 수준의 마법 능력을 보유하고 있다.

기 위해 스트레인지가 급히 결성한 슈퍼 히어로 군단인 디펜더스의 회원이 되기도 했다.

클레아는 다크 디멘션으로 돌아와서 우마르가 도르마무를 추방시켰다는 사실을 알게 되었다. 클레아는 우마르의 반란에 반기를 들었지만, 오리니 왕자로부터 그녀와 일대일 대결을 펼쳤던 우마르가 친어머니라는 사실을 듣게 된다. 승리한 클레아는 다크 디멘션의 왕좌를 차지하고, 곧 스트레인지와 결혼한다.

그러나 도르마무가 다시 돌아와서 왕좌를 빼앗고, 클레아를 강제로 지구로 돌려보낸다. 닥터 스트레인지와 클레아의 관계는 점차 소원해지고, 클레아는 다시 다크 디멘션으로 돌아와 도르마무를 향한 반란을 일으키고자 한다.

> **"매일 밤 너보다 큰 괴물을 이기는 걸 목표로 삼고 있어! 다크 디멘션의 밤은 아주 길어, 시간은 충분해!"**
> — 클레아

가족의 배반
도르마무는 클레아가 닥터 스트레인지를 도왔다는 사실을 알고 그녀를 감금한다. 후에 스트레인지가 도르마무를 도와 마인들리스 원스를 물리치고, 이에 대한 답례로 클레아를 풀어주도록 압박한다.

◀ **오래된 영혼** 클레아는 젊은 여성의 모습을 하고 있지만, 사실 수천 년이 넘도록 살아온 존재다. 클레아의 아버지는 몇 세기를 거쳐 천천히 노화했고, 어머니는 불멸의 존재다.

◀ **다른 편을 격퇴하다** 둠 메이든스와 극도로 치닫는 결투에서 클레아는 악의 마법사 아라드니아를 상대했다.

FEARLESS FEMALES
두려움을 모르는 여자들

잠시 동안 클레아는 여성들로만 이루어진 피어리스 디펜더스에 속했던 적이 있다. 이 팀에는 히어로인 발키리, 워리어 우먼, 렌 키무라 등이 있었다. 이 팀은 둠 메이든스를 맞닥뜨리게 되는데, 이들은 모건 르 페이와 닥터 둠의 딸인 캐럴라인 르 페이가 이끌었다. 디펜더스는 둠 메이든스를 완파했고, 캐럴라인 르 페이가 갈망하던 힘을 얻지 못하게 했다. 하지만 어머니 모건과 동맹을 맺어, 모건을 현재로 데려오려는 캐럴라인의 궁극적인 목표는 막을 수 없었다.

소울 시스터즈

클레아는 사설탐정 미스티 나이트와 뮤턴트 텔레파시 능력자 대니 문스타 같은 팀원과 공통점이 많았다. 이들은 기이한 헤드멘과 판데모니움 액슬로 알려진 살아있는 악마 조각상 등 많은 적과 함께 싸웠다.

WONG
윙

닥터 스트레인지의 종복이자 친구이며
생텀 생토럼의 살림꾼 윙은 지구의
소서러 슈프림을 지원해주는 가장
중요한 존재라고 말할 수 있다.
티베트에서 태어난 윙은 마법을 부릴
순 없지만, 마법 비술에 정통하다. 윙은
그 나름대로 어마어마한 무술가이며,
스트레인지와 함께 수많은 모험을
용맹하게 치뤄냈다.

불가능한 선택
윙이 뇌종양을 진단받았을 때 스트레인지는 병을 치유하기 위한
묘약을 얻기 위해 다른 차원으로 갔다. 하지만 어렵게 구한 물약이
쏟아지는 바람에 단 한 방울만 남았고, 스트레인지는 마지막 남은
소중한 한 방울을 죽어가는 친구를 위해 쓸 것인지, 아니면 복제하여
세상을 구할지를 선택해야 하는 최악의 딜레마에 빠지게 된다.

◀ 새로운 동료
스트레인지가 뉴 어벤저스와
함께 이동했을 때, 윙은 이들을
지원하기 위해 모든 살림 도구를
챙겨 뒤를 따랐다.

친구이자 협력자

윙은 중국 수도승인 칸의 후손으로 카르마타지라는 마을에서 태어
났다. 이곳은 에인션트 원의 출생지이기도 하다. 아버지 하미르를 포
함한 윙의 가족은 10대에 걸쳐 그 나이 든 마법사를 모셔왔다. 윙은
어렸을 때부터 이 자랑스러운 가문의 전통을 이어왔다.

어린 시절 윙은 외딴 수도원에 가서 무술과 카르마타지의 마법
비술에 대해 공부했다. 이는 모두 위대한 마법사를 모시기 위한 준
비 과정이었다. 훈련 기간 동안 윙은 특정 무술에 뛰어난 재능을 보
이기 시작했다.

윙이 성인이 되자, 에인션트 원은 가장 최근에 들어온 제자 닥터
스티븐 스트레인지를 보좌하도록 윙을 미국으로 보냈다. 이는 정말
탁월한 결정이었다. 윙은 스트레인지의 무술 스승이 되었고, 마법에
대한 조언자가 되었으며, 가장 친한 친구가 되었다.

수년간 윙은 스트레인지의 엄청나고 위험한 모험에 자주 휘말
렸다. 드라큘라에 의해 뱀파이어가 되었고(후에 스트레인지가 다시
돌려놓는다), 외계의 마법사들에게 납치를 당하기도 했으며, 섀도퀸
이 지배하는 차원에 잡혀있던 적도 있고, 이계의 위협들로 거의 죽
기 직전까지 간 적도 있었다.

윙은 닥터 스트레인지가 어떤 일을 벌려도 항상 특유의 차분함
과 집중력으로 처리했으며, 마법 비술 마스터에게 완벽하게 충직한
모습을 보였다.

스트레인지의 비밀 제자들
웡은 수도승 무리의 신체를 단련시켜, 닥터 스트레인지가
마법을 사용할 수 있도록 해주었다. 스트레인지는 몰랐지만
그가 고통을 받으면, 이 수도승들에게 고통이 넘어가 그가
마법을 제약 없이 쓸 수 있도록 해준다.

▲ **소중한 조수** 꼼꼼하고 정리를 잘하며 충직한 웡은 닥터
스트레인지가 오로지 마법에만 집중할 수 있도록 해주었다.

"저를 용서하십시오.
하지만 제가 모시는 마스터를
보호하겠다는 맹세는 다른 어떤
명령보다 중요합니다… 설사
마스터의 명령이라 할지라도요."
— 웡

▶ **구사일생** 닥터 스트레인지가 도둑
브리간드에게 심한 상처를 입자 웡은
존경하는 마스터를 구하기 위해 달려갔다.

◀ **백병전** 닌자들로 이루어진 범죄 집단인 핸드는 싸움의 기술이 뛰어나기로 유명하며, 두려움의 대상이기도 하다. 하지만 그렇다고 해서 닥터 스트레인지와 웡을 막을 수는 없었다.

HAND OVER FIST
핸드와의 대결

닥터 스트레인지와 충직한 친구인 웡은 수많은 대결을 함께했다. 몇 년 전 둘은 아가모토의 눈을 탐하던 마법사 미스터 라스푸틴과 대결하기 위해 일본으로 건너간 적이 있다. 닥터 스트레인지와 웡이 도착하자 라스푸틴은 핸드라는 닌자 범죄 집단을 고용하여 닥터 스트레인지를 살해하고자 했다. 엄청난 대결이 펼쳐지면서, 뛰어난 무술 실력을 갖춘 웡은 스트레인지 못지않게 실력을 발휘했다.

미스터 라스푸틴
닥터 스트레인지가 처음 파벨 플로트닉이라고도 알려진 미스터 라스푸틴을 만났을 때, 라스푸틴이 스트레인지를 총으로 쏘아서 거의 패배하기 직전까지 갔었다. 하지만 스트레인지가 회복해 라스푸틴을 완전히 굴복시켰는데, 이로써 둘 사이의 끝없는 원한 관계가 시작된다.

SPIDER-MAN
스파이더맨

닥터 스트레인지는 초기에 자신의 본거지인 뉴욕에서
점점 영역을 확장하고 있던 초인 집단과의 접촉을
피했다. 하지만 얼마 지나지 않아 스트레인지의
신비로운 모험에 젊고 재치 있는 벽 타기 전문가인
스파이더맨이 합류하게 되었다. 스트레인지와는
확연히 다른 성격이긴 했지만, 스파이더맨은 소서러
슈프림의 지속적인 협력자이자 진심으로 믿을 수 있는
친구 같은 존재다.

마법의 거미줄

피터 파커는 과학 박람회에 방문했다가 방사능에 노출된 거미에게
물린 후 순식간에 인생이 변했다. 놀라운 능력이 생겼다는 사실을
알아차리고 처음에는 돈을 벌 궁리만 했지만, 사랑하는 벤 삼촌이
살해당하면서 피터는 도움이 필요한 사람들을 위해 능력을 사용하
기로 맹세했다.

범죄와의 전쟁을 시작했던 초기에 이 젊은 영웅은 모르도 남작
과의 대결에서 뉴요커인 닥터 스트레인지를 만났다. 스트레인지는
벽 타기 전문가가 신비한 차원에서 사람들을 구조해내는 모습을 보
고 깊이 감동한다. 스파이더맨은 방금 전의 용기 있는 활약상이 모
두 잊혀져 신뢰받지 못하는 영웅으로 남더라도, 사람들이 지금 겪
은 일을 기억하지 못하게 해달라고 스트레인지에게 부탁한다.

친구가 된 후, 겉모습으로는 전혀 어울리지 않는 두 사람은 사
악한 마법사 잔두와의 대결 때 힘을 합치게 된다. 잔두는 스파이더
맨을 현혹시켜서 닥터 스트레인지를 공격하고 와툼의 지팡이를 빼
앗아오게 한다. 하지만 둘은 힘을 합쳐 잔두의 교차 영역에서 전투
를 벌이고 마침내 패배시킨다.

몇 년 동안 닥터 스트레인지와 스파이더맨은 함께 싸웠고 수많
은 위협을 극복했다. 그중에는 닥터 둠과 도르마무라는 어마어마한
조합도 있었는데, 이들은 인류에게 매우 파괴적인 마법 현상인 벤
드 시니스터(6만 년에 한 번 일어나는, 무조건 악이 이기는 현상)를
일으키려는 계획을 세웠다.

이러한 격동의 시간 속에서도 소서러 슈프림은 "닥터 스트레인
지의 우정은 무슨 일이 닥쳐도 깨지지 않는다!"는 약속을 지켰다.

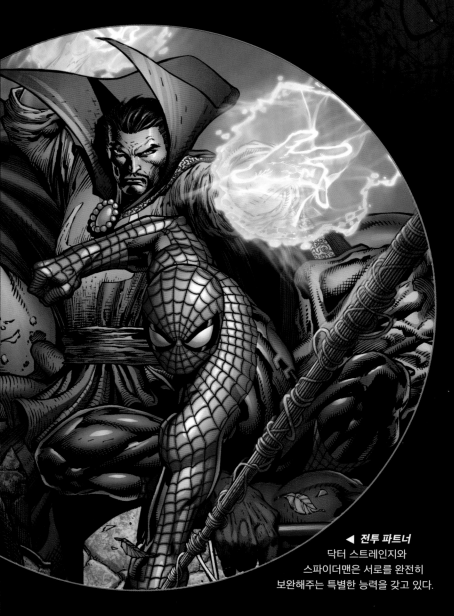

◀ 전투 파트너
닥터 스트레인지와
스파이더맨은 서로를 완전히
보완해주는 특별한 능력을 갖고 있다.

▲ 공중 이동 스트레인지가 아무리 도시를 가로지르며 날아다녀도,
스파이더맨은 이리저리 거미줄을 타고 쫓아가기 때문에 어려움이 없다.

▲ **현실 밖에서** 스파이더맨은 닥터 스트레인지를 처음으로 마주쳤을 때 초자연적인 차원을 처음 경험했다.

너무 좋은 아티팩트
잔두와 싸우는 동안, 닥터 스트레인지와 스파이더맨은 신비한 와툼의 지팡이의 도움을 받았다.

"비샨티가 너를 지켜주기를!"
— 닥터 스트레인지

"애뮬렛을 쓸 일이 없기를!"
— 스파이더맨

도움의 손길
스파이더맨이 세상에 자신의 정체를 발표했을 때, 닥터 스트레인지는 미스터 판타스틱, 아이언 맨과 함께였으며 사람들의 기억에서 그 사건을 지울 수 있는 수단을 갖고 있었다.

조언을 찾아서
스파이더맨은 닥터 스트레인지의 지식에 많은 영향을 받았다. 이상하고 낯선 이지킬이라는 자가 스파이더맨의 능력이 방사능에 노출된 거미가 물어서가 아니라 마법에 기초한 것이라고 주장하기 전까지 말이다.

▶ **납치된 스파이더맨** 닥터 스트레인지는 악마 거미들에 의해 스파이더맨이 위험한 다른 차원으로 끌려가자 구조하기 위해 급히 달려갔다.

FRIEND IN NEED
어려움에 처한 동료

닥터 스트레인지와 스파이더맨의 우정은 피터 파커의 숙모인 메이가 총에 맞아 병원 침대에서 죽어갈 때 가장 큰 시험대에 오른다. 모든 의료 기술이 동원되었고, 소서러 슈프림은 시공간을 거쳐 어디든 이동할 수 있는 마법 유물인 죽은 자의 손을 피터에게 보내, 자신의 친구와 심지어는 적이라도 상관없이 가능한 치료법을 찾게 했다. 하지만 어떻게 해도 답은 하나였다. 메이 숙모를 살릴 수 없다는 것이었다. 결국 피터는 더욱 과감한 방법을 찾아 의존하는데, 바로 메이 숙모의 목숨을 위해 악마 메피스토와 끔찍한 거래를 한 것이었다.

◀ **도움의 손길 너머** 스파이더맨은 닥터 스트레인지에게 숙모의 목숨을 살려달라고 간곡히 부탁했으나, 소서러 슈프림이라 할지라도 그러한 능력은 부족했다.

절망의 시간들⋯
절망한 피터 파커는 죽은 자의 손을 이용해 메이 숙모가 애초에 총에 맞지 않도록 과거로 가려 했다. 하지만 계속해서 실패하자, 닥터 스트레인지는 사랑하는 숙모의 곁으로 가서 함께 있어주라고 조언했다.

DOCTOR DOOM
닥터 둠

정신은 비뚤어졌지만 머리가 좋고 강철 같은 의지를
갖고 있는 마스크를 쓴 군주, 닥터 빅토르 폰 둠은
무시할 수 없는 존재다. 기술, 전략, 과학의 천재일
뿐만 아니라 시간 여행에도 능하며 마법 비술도 높은
수준이다. 많은 이들이 닥터 둠을 권력에 굶주린
무자비한 적으로 보지만, 닥터 스트레인지는 기꺼이
그와 함께하고자 했다. 하지만 닥터 둠의 기만적인
본성은 신뢰를 쌓기 힘들게 했다.

▼ **왕좌를 차지하다** 둠은 한때
와칸다의 왕족을 타도하고 그
자리를 차지한 적이 있다.

두려운 독재자

작은 왕국 라트베리아를 지배하기 위해 온 냉혹한 한 남자의 시작은
보잘것없고 비극적이었다. 빅토르 폰 둠은 동유럽의 한 마을에서 태
어나 의사인 아버지 베르너와 아들을 애지중지하던 어머니인 마녀
신시아의 품에서 자랐다. 신시아는 악랄한 남작이 군림하면서 자신
과 마을 사람들에게 가하기 시작한 박해를 뿌리 뽑기 위해 더 큰 힘
을 찾다가, 악마 메피스토와 고약한 거래를 하게 된다. 그로 인해 신
시아는 죽임을 당하고 영혼은 하데스에게 붙잡힌다. 빅토르는 아버
지와 함께 도망쳤지만, 아버지마저 먼저 세상을 떠나고 만다. 고아
가 된 빅토르는 슬픔에 빠져 부모님을 앗아간 세상에 복수를 하
기로 결심했다.

빅토르는 주술에 관련된 어머니의 유품을 찾아 스스로 훈
련하면서, 마법과 과학 분야에서 엄청난 능력을 키웠다. 젊은
빅토르는 미국에서 장학생으로 공부를 하면서 미래의 적을 만
나게 되는데 일명 미스터 판타스틱이라 불리는 히어로, 리드
리처즈였다. 어머니의 영혼을 구하기 위해 고군분투하던 빅토
르는 리처즈가 기계에 계산 오류가 있어 위험하다고 경고함에
도 결국 차원 간 이동 장치를 만들어낸다. 리처즈의 말을 무시
하고 기계를 작동시킨 빅토르는 결국 도중에 기계가 폭발하여
얼굴에 치명상을 입는다.

절망에 빠진 빅토르는 티베트의 수도승들을 찾아가게 되고, 빅
토르를 받아준 수도승들은 그를 치유해주고 마법 비술을 훈련시킨
다. 수도승들은 금속 마스크와 아머를 만들어주었고, 빅토르는 마스
크로 상처를 가리고 자신만의 무시무시한 정체성을 얻을 수 있었다.
감사의 뜻으로 빅토르는 수도승들을 모두 살해한다.

그리고 닥터 둠으로서 라트베리아에 돌아가 고향이었던 이곳을
지배하면서, 하데스에게 붙잡힌 어머니를 풀어주고, 지구를 지배하
기 위해 골몰하고 있다.

끔찍한 거래

아들에게 남긴 신시아 폰 둠의 유언은 흑마법을 쓰지 말라는 것이었다. 하지만 빅토르는 다른 생각을 가지고 있었고, 메피스토와 거래를 하고 말았다. 일 년에 한 번 어둠의 제왕에게 어머니의 영혼을 걸고 도전할 기회를 얻었는데, 한번은 악마가 닥터 스트레인지의 영혼과 어머니를 맞바꾸자고 제안했다!

마하트마 둠

둠은 자신을 도와준 수도승들을 모조리 죽였다고 생각했지만, 한 명이 살아남아 있었다. 의도치 않게 소생시킨 악에 대해 속죄하기 위해 살아남은 수도승은 빅토르의 이름과 외형을 본따, 선을 위해 마법을 사용하는 마하트마 둠이 되었다.

▲ **함께 힘을 모아서** 닥터 둠은 메피스토의 손아귀에서 어머니를 해방시킬 수 있는 매년 한 번 뿐인 기회를 맞아, 닥터 스트레인지에게 도움을 요청한다. 스트레인지의 힘은 어떤 종류의 사악한 악마의 공격도 물리칠 수 있었고, 둘은 신시아 폰 둠의 영혼을 마침내 해방시켰다.

> "고통? 고통은 사랑, 동정심이지!
> 그런 건 약한 인간들이나 느낄 뿐.
> 무엇이 내게 고통이겠는가?"
> — 닥터 둠

새로운 세상의 질서

닥터 스트레인지는 닥터 둠이 전능한 비욘더즈의 우주적 힘을 지배하여, 외계 종족들의 멀티버스 파괴 실험으로부터 일부 현실 세계를 구하려 한다는 사실을 알고 충격에 휩싸인다. 닥터 둠은 조각들을 한데 모아, 배틀월드라는 새로운 행성을 만들어 지배한다.

GOD DOOM
갓 둠

닥터 둠, 닥터 스트레인지, 몰러큘 맨은 멀티버스의 충돌이라는 대재앙 뒤에 배틀월드를 만들었고, 닥터 둠은 이 이어 붙인 평행 세계의 지배자가 되었다. 스파이더맨과 블랙 팬서 등 지구의 생존자들이 배틀월드에 도착했을 때, '갓 둠'의 통치가 위협을 받기도 했다. 닥터 스트레인지는 이곳에서 아가모토의 보안관으로도 알려졌다. 스트레인지는 히어로들이 둠의 지배에 반기를 들었을 때 그들의 편에 섰으며, 이들이 폭군의 노여움으로부터 탈출하는 것을 도왔고 반역의 대가를 치렀다.

◀ **갓 둠에 반항하다** 둠은 스트레인지뿐만 아니라 인커전(멀티버스 속 두 지구의 충돌)에서 살아남은 타노스, 스타로드, 토르, 캡틴 마블 등의 반대를 받았다.

내가 곧 법이다
배틀월드에서 아가모토의 보안관 닥터 스트레인지는 닥터 둠의 오른팔 같은 존재였다. 스트레인지는 배틀월드의 다양한 영역 사이에서 분쟁이 일어나면 해결하는 역할을 맡았다.

POWERFUL FRIENDS
강력한 동료들

닥터 스트레인지가 지구의 소서러 슈프림 자리를 맡고 있는 동안, 지구뿐만 아니라 그 외의 영역에서도 선과 악의 훌륭한 마법사들이 역시 존재했다. 닥터 스트레인지는 마법 능력을 타고난 동료들을 찾아냈고, 일부는 그의 제자가 되기도 했다. 또 어떤 마법사들은 자신이 소서러 슈프림이라는 위치를 얻을 만큼 뛰어나다고 생각하기도 했다.

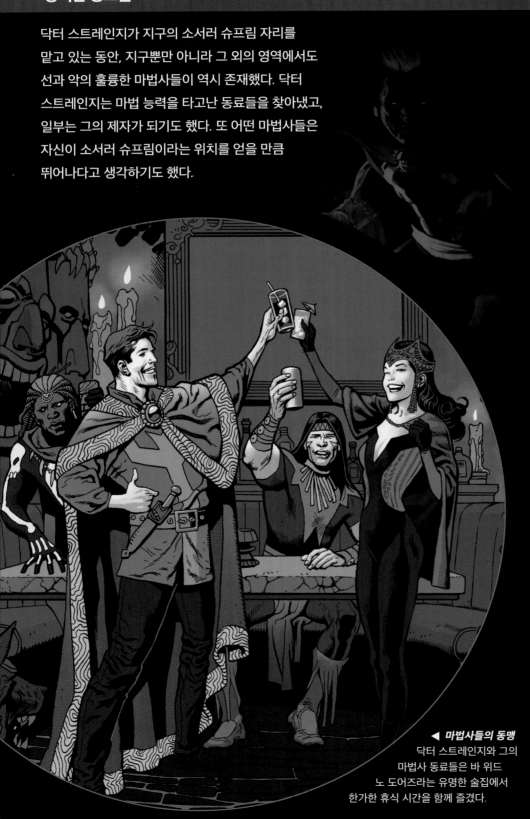

◀ 마법사들의 동맹
닥터 스트레인지와 그의
마법사 동료들은 바 위드
노 도어즈라는 유명한 술집에서
한가한 휴식 시간을 함께 즐겼다.

마법을 만드는 자들

완다 막시모프, 일명 스칼렛 위치는 모두를 두려움에 떨게 만드는 슈퍼 빌런 매그니토의 딸이자 퀵실버와 쌍둥이 남매다. 수준 높은 실력을 갖춘 이 마법사는 카오스 마법을 사용했는데, 닥터 스트레인지가 그 존재 자체를 의심했던 기괴하고 강력한 형태의 마법이다. 현실을 변형시키는 마법을 통해 스칼렛 위치는 존재의 가장 기본적인 구조를 조작할 수 있다. 그러나 스스로 통제할 수 있는 수준을 벗어날 정도로 능력이 강력해졌던 시기가 있었는데, 스트레인지는 이때 스칼렛 위치를 완전히 신뢰할 수 있을지에 대해 의심을 품게 되었다.

닥터 마이클 투영맨은 닥터 스트레인지처럼 한때 허세 부리던 외과 의사였으나, 북미 원주민 마법의 대가인 샤먼이 되었다. 보이드라고 하는 포켓 디멘션이 들어있는 약 가방을 들고 다녔는데, 어떤 종류의 마법 아이템도 소환할 수 있었다. 샤먼은 캐나다의 히어로들을 모은 알파 플라이트의 멤버로 참여했다.

제리코 드럼은 부두교를 공부하기 위해 심리학 공부를 그만두고, 아이티의 부두교 사제 웅간인 파파 잠보의 뒤를 이었다. 그는 이후에 브라더 부두가 되었다. 닥터 스트레인지를 만난 후, 스트레인지는 사악한 뱀의 신 담발라로부터 제리코 드럼을 자유롭게 해주었다. 브라더 부두는 스트레인지의 가까운 마법 협력자가 되었다. 둘은 종종 협력했고, 브라더 부두는 닥터 스트레인지의 뒤를 이어 소서러 슈프림의 자리를 맡아 닥터 부두가 되기도 했다.

일리아나 니콜리에브나 라스푸티나, 일명 매직은 어마어마한 능력의 마법사다. 매직은 악의 마법사 벨라스코가 통치하는 림보 디멘션에서 자랐는데, 이곳에서 소서리스 슈프림이 되었다. 그리고 마침내 림보를 통제할 수 있게 되었고, 닥터 스트레인지의 제자가 되었으며, 힘이 점점 발전하여 더 이상 올라갈 수 없는 수준까지 도달하게 되었다.

매직의 소울소드

매직의 주요 무기는 소울소드다. 매직의 영혼으로
만들어진 검인데, 엘드리치 에너지로 가득 찬
곳에서 뽑아 들 수 있다. 쓰면 쓸수록 더욱
강력해지고 정교해지는 특징이 있다.

▲ **전환점** 처음에 스칼렛 위치와 퀵실버는 아버지 매그니토가 시작한 인간과의 전쟁에서
아버지 편에 섰다. 하지만 이후에는 둘 다 매그니토를 떠나 어벤저스에 합류했다.

"무슨 일이야? 내 도움이 필요해?"
— 매직

샤먼

샤먼의 마법 능력은 자연과
깊은 관련이 있다. 이 마법사는
원소들을 통제할 수 있고,
동물, 영혼과 대화를 주고받을
수 있다. 또한 몸의 형태를
변형할 수 있고, 순간 이동이
가능하며, 상처를 치유하는
마법의 약을 사용한다.

▲ **마법사 부두** 브라더 부두가 죽은 형제인 다니엘의 영혼을 불러내면 그의
힘은 두 배가 된다. 또한 다른 사람을 지배하기 위해 자신의 영혼을 내보낼
수도 있고, 자연의 힘을 통제할 수 있으며, 영물을 소환하는 능력도 있다.

BROTHER VOODOO
브라더 부두

소서러 슈프림으로 지내는 동안 브라더 부두, 일명 닥터 부두는 도르마무, 닥터 둠, 좀비가 된 데드풀과의 결투에서 명성에 어긋나지 않는 능력을 발휘했다. 하지만 지구의 수호자라는 닥터 부두의 임무는 비샨티의 아가모토가 아가모토의 눈을 가로채려고 하면서 비극적인 결말을 맞았다. 닥터 부두는 자신의 목숨을 대가로 간신히 아가모토를 물리칠 수 있었다.

관찰자의 눈
아가모토는 닥터 스트레인지와 다이몬 헬스트롬을 조종하기 위해 눈을 이용했다. 아가모토는 이들을 뉴 어벤저스와 겨루게 만들었는데, 이는 모두 자신을 추방했던 비샨티를 꺾기 위한 정교한 계획이었다.

아가모토에 대항하는 형제

닥터 부두는 라이트 디멘션으로
건너가서 아가모토와 맞붙었다. 닥터
부두는 이미 세상을 떠난 형제인 다니엘
드럼의 영혼을 소환하여 힘을 합친 후,
무시무시한 호랑이를 포함하여 여러
가지 다른 모습으로 바꿔가며
아가모토와 겨뤘다.

▼ **돌이킬 수 없는 상황** 최후의 공격에서 닥터
부두는 아가모토를 완전히 파괴했지만 이윽고
일어난 폭발로 자신도 죽고 말았다. 이후 닥터 둠은
광기에 찬 스칼렛 위치를 쓰러뜨리기 위해서 사악한
데미갓과의 거래를 통해 닥터 부두를 부활시켰다.

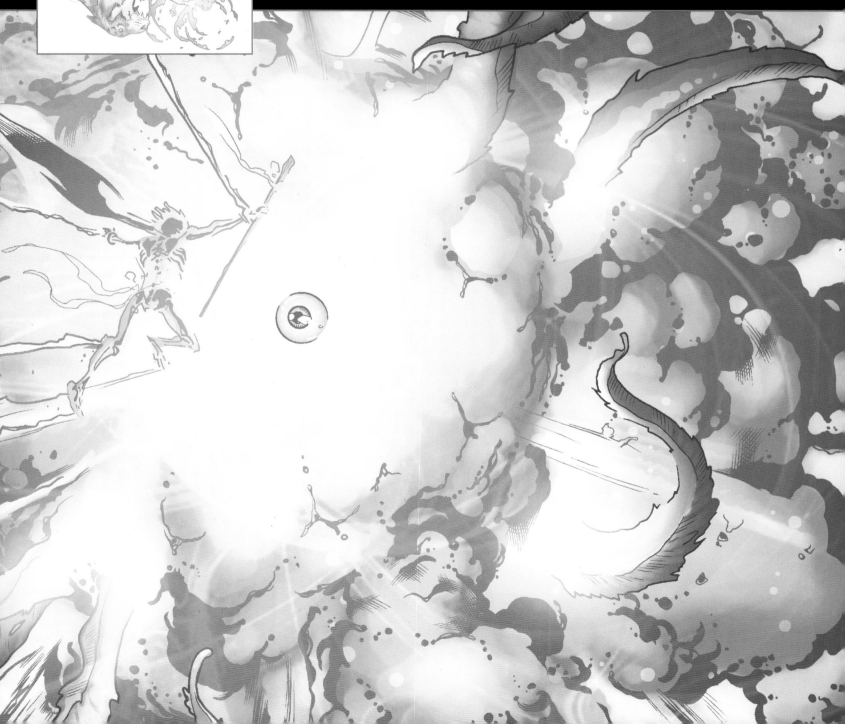

TEAM-UPS
팀 활동

처음으로 소서러 슈프림을 맡았을 때 닥터 스트레인지는 일을 혼자 해결해나가기로 마음먹었다. 하지만 사실 스트레인지의 화려한 모험은 다른 많은 이들과 함께 이루어졌다. 슈퍼 히어로, 마법적 존재, 일반 시민, 심지어 말하는 오리까지 마법 비술의 마스터와 어깨를 나란히 하며 초자연적 현상을 함께 다뤘다.

블랙 나이트
데인 휘트먼은 사악한 블랙 나이트인 네이선 가렛의 조카로, 삼촌의 이름 그대로 어벤저스와 함께하면서 이름에 걸린 명예를 회복했다. 휘트먼은 빅토리아 벤틀리를 통해 닥터 스트레인지와 만났으며, 티보로와 술투르 같은 외부 차원의 존재인 악마들과 싸우기도 했다.

빅토리아 벤틀리
비밀리에 활동하는 부유한 마법사의 딸이자 영국 사교계의 명사인 빅토리아 벤틀리는 닥터 스트레인지와 매우 가까운 협력자였다. 스트레인지를 도와 강력한 적들과의 전투를 이겨왔으며 스트레인지를 향한 짝사랑을 줄곧 숨겨왔다.

닥터 드루이드
닥터 스트레인지처럼 앤서니 드루이드는 에인션트 원의 가르침을 받았다. 스트레인지는 닥터 드루이드를 설득하여 시크릿 디펜더스를 맡아달라고 부탁했다. 하지만 얼마 지나지 않아 리더 역할에 지친 드루이드는 스스로 죽음을 위장했고, 자기파괴적인 행동을 나날이 거듭했다.

데드걸
물리적으로는 죽은 상태이지만 자신의 뮤턴트 능력으로 '계속 살아있는' 데드걸은 닥터 스트레인지와 협력하여 사후 세계의 거주자들을 부활시키려는 피티풀 원의 계획을 멈추게 하고자 했다. 이를 위해 천국에 있는 죽은 히어로들에게 도움을 요청하기도 했다.

린트라
브랄 행성에서 온 린트라는 초록색 털로 뒤덮인 미노타우르스다. 그는 공중부양 망토를 고치는데 도움을 주다가 스트레인지를 처음 만났다. 린트라의 마법사로서 잠재력을 알아챈 스트레인지는 외계 마법사인 우르소나의 공격을 막기 위해 린트라에게 도움을 요청했다.

X-23

울버린의 여성 복제 인간인 로라 키니, 코드네임 X-23은 유전공학 기업 알케멕스 제네틱스로부터 숨기 위해 생텀 생토럼을 피난처로 삼았다. 알케멕스는 X-23을 만든 부패한 기업이다. 스트레인지는 키니의 재능에 놀랐으며, 그녀가 새로운 울버린으로서의 모습을 확실히 보여줄 거라는 것을 알았다.

위칸

빌리 카플란은 어리긴 하지만 그 힘은 믿을 수 없을 정도로 강력하다. 이 뮤턴트 마법사는 자신의 주문 시전 능력을 닥터 스트레인지가 마법 능력에 굶주린 악당, 후드와 대결할 때 좋은 방향으로 사용했다.

젤마 스탠턴

뉴욕의 사서인 젤마는 사악한 구더기 마인드 매것에 감염되었을 때 닥터 스트레인지에게 도움을 구했다. 구더기를 흡수하여 젤마를 완벽히 치료해준 스트레인지는 그 후에 젤마에게 자신의 도서관에서 일하지 않겠냐고 제안했고 젤마는 기쁘게 받아들였다.

하워드 더 덕

닥터 스트레인지와 말하는 오리는 디펜더스 활동을 하며 처음 팀을 이루었다. 스트레인지는 후에 하워드 더 덕이 약간의 마법 능력을 갖고 있다는 사실을 알아챈 뒤 몇 가지 주문을 가르치기도 했다. 또한 스트레인지가 하워드 더 덕에게 견습생이 될 기회를 제안하기도 했지만, 하워드 더 덕은 거절했다.

헬스트롬

사탄의 아들이라는 어둠의 혈통임에도, 다이몬 헬스트롬은 닥터 스트레인지와 디펜더스에 들어가 함께 싸웠으며 후에는 미드나잇 선즈에 합류했다. 스트레인지는 헬스트롬이 미래에 지구의 소서러 슈프림이 될 재목이라고 생각했다.

DAIMON HELLSTROM
다이몬 헬스트롬

닥터 스트레인지는 악랄한 후드와 그의 범죄 조직을 막기 위해 흑마법을 사용한 후로 소서러 슈프림의 자리를 포기했는데, 이때 아가모토의 눈이 진정한 후임자를 찾아냈다. 최초의 후보자 중 하나는 선 오브 사탄으로 불리는 다이몬 헬스트롬이었다. 이 결정은 소서러 슈프림이 되고 싶었던 후드의 맹렬한 공격을 불러일으켰고 이는 아가모토의 눈을 원하던 도르마무의 명령이기도 했다. 닥터 스트레인지와 뉴 어벤저스는 바로 헬스트롬을 도우러 가서 도르마무의 힘을 받은 후드의 공격을 막을 수 있도록 도와주었다. 하지만 아가모토의 눈은 궁극적으로 새로운 소서러 슈프림을 다른 사람으로 정하고 말았다. 바로 제리코 드럼, 일명 브라더 부두였다.

▶ **악령의 대결** 믿음직한 소울파이어 삼지창으로 무장한 다이몬은 두려움도 뿌리치고 도르마무의 힘을 받은 후드와 정면으로 맞섰다.

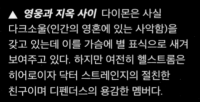

▲ **영웅과 지옥 사이** 다이몬은 사실 다크소울(인간의 영혼에 있는 사악함)을 갖고 있는데 이를 가슴에 별 표식으로 새겨 보여주고 있다. 하지만 여전히 헬스트롬은 히어로이자 닥터 스트레인지의 절친한 친구이며 디펜더스의 용감한 멤버다.

라이벌이 된 남매
다이몬 헬스트롬은 항상 사탄의 아들이라는 지독히 기분 나쁜 핏줄을 힘들어했다. 하지만 여동생인 사타나는 달랐다. 다이몬이 아버지의 악한 길을 거부하고 고귀한 길을 따르고자 했을 때, 사타나는 악을 받아들였다. 그녀는 남자의 영혼을 먹고 사는 서큐버스이자 지옥을 다스리고 싶어 하는 존재다.

THE DEFENDERS
디펜더스

서로 어울리지도 않고 문제가 많은 디펜더스는
닥터 스트레인지가 계획적으로 만든 히어로
팀으로, 스트레인지 자신과 네이머, 헐크,
후에는 실버 서퍼까지 연합이라고는 전혀
믿기지 않는 히어로들의 모임이다. 이렇게
서로 다른 히어로들이 가입한 디펜더스는 많은
문제가 발생했을 때 최후의 수단으로 함께 모여,
인류의 구원자라는 사실을 증명해보였다.

오리지널 트리오
닥터 스트레인지와 손을 잡고 처음으로 전투를 마친 헐크와
네이머는 다시는 함께 싸우지 않겠다고 다짐했다. 하지만
스트레인지의 설득으로 그들의 동맹은 지속될 수 있었다.

◀ **마법 방어**
팀 디펜더스는
아이언 피스트 등 다른
전사들의 도움을 받으면서
마법과 초자연적인 위협에
대항하는 전문 집단이 되었다.

'팀이 아닌' 팀

네임리스 원이 이끄는 악마족 언다잉 원스의 공격으로 닥터 스트레인
지의 팀인 디펜더스가 창설되었다. 스트레인지는 네이머와 헐크처럼
슈퍼 파워를 지닌 외톨이들을 모아서, 악마 무리로부터 지구를 보호
하는 데 자신을 도와 싸우도록 했다. 스트레인지는 후에 외계인 과학
자 얀드로스와 심판의 날이라 불리는 기계 오메가트론과 싸우기 위해,
서로 내키지 않아 하는 네이머와 헐크를 다시 한데 모으기도 한다.

이렇게 승리의 '팀이 아닌' 팀 디펜더스가 탄생했다. 어벤저스나
다른 슈퍼 히어로 집단과는 달리 디펜더스는 법이나 규칙, 고정된
멤버, 심지어 본부도 없이 운영된다. 그럼에도 멤버들은 계속 늘어
났다. 스트레인지의 제자이자 파트너인 클레아가 종종 팀을 도왔고,
후에 주요 멤버가 되는 실버 서퍼는 워리어 위저드인 칼리주마와의
대결에서 디펜더스의 도움을 받은 후 팀에 합류한다.

SIDE BY SIDE | **THE DEFENDERS**

오더

디펜더스 멤버들은 닥터 스트레인지, 헐크, 네이머, 실버 서퍼가 인간성을 잃어버리고 새로운 그룹인 오더를 만들 것이라는 저주를 깨야만 했다. 오더는 지구를 통제함으로써 보호'하려는 의도를 가지고 있다.

시크릿 디펜더스

디펜더스를 해체했을 때, 닥터 스트레인지는 영구적인 멤버 없이 특별한 작전이 있을 때만 모이는 '시크릿 디펜더스'를 만들었다. 스트레인지의 동료인 마법사 닥터 드루이드가 이를 통솔했지만, 후에 타락하여 팀이 해체하기에 이른다.

"그 어떤 위협이 닥쳐와도 진정한 수호자는 결백한 자와 싸우지 않는다."
— 닥터 스트레인지

느슨한 집단이긴 해도 디펜더스는 메피스토, 타이탄 젬누, 권력에 눈이 먼 헤드멘과 같은 자들과 싸워 승리를 거두었다. 속임수의 신 로키에 의해 조종당했을 때는 어벤저스와 싸우기도 했지만, 두 팀은 결국 협력하여 도르마무와 싸워 이겼다.

트리뷰널이라 알려진 외계인들이 디펜더스의 핵심 4인조를 속여, 계속해서 일에 관여하면 지구가 파괴될 것이라고 믿게 한 적이 있었다. 이때 팀은 해체되었고, 멤버들은 다시는 팀에 돌아오지 않으리라 맹세까지 했다.

디펜더스는 여러 차례 구성 멤버가 바뀌었다. 이런 상황은 누가 오리지널 팀인지를 정의하는 데 어려움을 주었으며, 오랫동안 활동한 멤버가 매우 드물게 만들었다. 하지만 지구가 위험에 처한다면 언제든 디펜더스는 일어나 그 시련을 해결할 것이다.

▲ **히어로 모집** 가장 최근에 모인 히어로들 중에는 앤트맨, 닉 퓨리, 레드 쉬헐크 등이 있다.

▲ **어두운 세계** 오리지널 디펜더스는 지구를 자신의 악몽 같은 이미지로 개조하려는 도르마무의 계획을 막기 위해 재결합했다.

BLAST TO THE PAST
과거로 가다

닥터 스트레인지는 네이머, 아이언 피스트, 실버 서퍼, 레드 쉬헐크와 함께 세계의 파괴자 눌로부터 인류를 보호하기 위해 새로운 디펜더스 팀을 구성한다. 초인 프레스터들이 설치한 강력한 콘코던스 장치를 작동시키는 것이 디펜더스의 임무였다. 디펜더스가 프린스 오브 오펀스인 존 아만고 싸울 때 빌런은 이 장치 중 하나를 이용해 디펜더스를 과거 속으로 던져버린다. 그곳에서 디펜더스는 사악한 단체인 하이드라를 맞닥뜨린다.

◄ **오래된 적** 시간 속에 갇힌 디펜더스는 쉴드와 함께 하이드라 무리와 싸운다.

현실 공학 장치
콘코던스 엔진은 가볍게 받아들여서는 안 되는 힘이다. 현실을 뒤틀어버리는 이 무기는 우주의 모든 것을 담은 지도이며, 모든 시공간을 형태화할 수 있는 능력이 있다.

THE ILLUMINATI
일루미나티

일루미나티는 초인 커뮤니티에서 가장 영향력 있는 6명의
멤버(토니 스타크, 찰스 자비에, 리드 리처즈, 네이머,
블랙 볼트 그리고 닥터 스트레인지)로 구성된 비밀결사다.
토니 스타크가 비밀리에 만든 이 강력한 조직은 조용히
초인들의 능력과 역할을 다잡으며, 무서운 위협들로부터
지구를 보호하려 한다.

▼ *위험한 임무* 일루미나티는
스크럴이 사는 행성으로 가서 외계
종족에게 평화를 위해 지구를
떠나라고 경고하는 위험한
임무를 맡았다.

비밀 모임

일루미나티는 우주가 뒤흔들렸던 크리 대 스크럴 전쟁이 끝난 후에
처음으로 모였다. 토니 스타크는 히어로 그룹들의 여러 가지 노하우
를 이용했다면 악의적인 스크럴 침략자들을 더 쉽게 이길 수 있었다
는 걸 깨닫는다.

　본래 이 협력은 다양한 팀들의 크고 중요한 조합으로 여겨졌으
나, 스타크가 처음에 말한 '초인 정부'라는 불길한 제안은 철저히 거
부당했다. 특히 닥터 스트레인지가 크게 반대했다. 이들의 동맹은 영
향력이 강한 여섯 명의 멤버들이 주기적으로 모여 정보를 공유하는
비밀스러운 모임으로 바뀌었다. 이들 서로 간에 공통점은 없었지만,
각자가 자신만의 특별하고 전문적인 역량이 있었기에 발탁된 것이
다. 일루미나티에서 닥터 스트레인지는 마법에 대한 방대한 지식과
기술에 대해 아낌없이 기여하면서 중요한 역할을 했다.

　함께 수많은 임무를 성공했지만, 일루미나티 멤버들 사이의 긴
장은 주기적으로 표면화되었고 일루미나티의 안정성에도 위협이 되
곤 했다. 스타크가 광분한 헐크를 무인 행성으로 쏘아 보내자고 제
안했을 때 균열은 더욱 깊어졌다. 네이머는 헐크가 분명 복수할 거
라며 반대했는데, 결국 그의 말대로 돌아온 헐크는 상상을 초월하는
규모의 복수를 감행한다. 이렇듯 거듭되는 의견 충돌은 결국 몇 차
례의 일루미나티의 해체로 이어졌다.

　일루미나티의 내부 분쟁은 초인등록법의 법안이 나오면서 가장
심각한 상황으로 치닫는다. 스타크는 동료들에게 이 법을 지지해달
라고 간청했지만, 리처즈를 제외한 모든 멤버가 맹렬히 반대한다. 다
시 한 번 일루미나티는 해산하게 된다.

　일루미나티는 경우에 따라 재결합했지만, 멤버들 사이의 논쟁은
계속해서 일루미나티의 신뢰에 대한 섬세한 균형과 고귀한 명분을
약화시켰다.

세상이 붕괴될 때

일루미나티의 멤버들은 모든 멀티버스를 위협하는 행성의 인커전(두 우주 사이의 붕괴들)을 막기 위해 자신들의 특별한 능력을 모아서 싸웠다. 그들은 지구를 보호하기 위한 평화로운 방법을 찾기 위해 노력했지만, 그들이 찾은 해결책들 중 일부는 더 많은 논란의 여지가 있었다.

> **"그들이 우리에게 덤비면 싸움이 진짜가 될 거라는 사실을 확실히 보여줘야 해."**
> — 토니 스타크

▲ **늘어난 멤버** 시간이 지나면서 오리지널 멤버들은 팀에 많은 도움이 되겠다 싶은 다른 초인들에게 일루미나티 가입을 권했다. 새로운 멤버들 중에는 블랙 팬서, 옐로재킷, 캡틴 아메리카, 비스트가 있다.

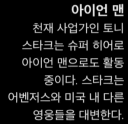

미스터 판타스틱

리드 리처즈는 일명 미스터 판타스틱이라 불린다. 몸의 형태를 변형하는 능력이 있으며, 과학 분야의 모든 문제를 다룬다.

아이언 맨

천재 사업가인 토니 스타크는 슈퍼 히어로 아이언 맨으로도 활동 중이다. 스타크는 어벤저스와 미국 내 다른 영웅들을 대변한다.

블랙 볼트

초인 블랙 볼트는 잘 쓰지는 않지만, 파괴적이고 강력한 목소리를 낼 수 있다. 그는 은둔 종족인 인휴먼스의 통치자이자 대변자다.

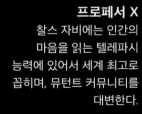

프로페서 X

찰스 자비에는 인간의 마음을 읽는 텔레파시 능력에 있어서 세계 최고로 꼽히며, 뮤턴트 커뮤니티를 대변한다.

네이머 군주

네이머는 해저 왕국인 아틀란티스를 이끌고 있다. 경험이 많지만 공격적이고 자기주장을 굽히지 않으며, 안티히어로적 사고방식을 지녔다.

SECRETS AND LIES
비밀과 거짓말

일루미나티에게 가장 어두웠던 시절은 모든 현실이 갑자기 종말을 맞이할 수 있는 위험과 맞닥뜨렸을 때다. 인커전(평행 우주의 두 지구가 우주 안에서 충돌하는 상황)으로 알려진 이 사건은 일루미나티가 자신들의 지구를 구하기 위해 또 다른 지구를 파괴하는 것을 고민하게 만들었다.

당시 일루미나티의 멤버였던 캡틴 아메리카는 그 계획을 절대 받아들일 수 없다며 반대 의견을 명확히 밝혔다. 어쩔 수 없이 일루미나티의 다른 멤버들은 자신들의 세계를 보호하기 위해서 더 과감한 조치를 취하기로 결정했다. 아이언 맨의 요청에 따라, 닥터 스트레인지는 마법을 사용해 캡틴 아메리카가 이번 회의를 떠올리지 못하도록 기억을 지웠다. 이는 일루미나티에 심각한 결과를 불러일으킬 행동이었다.

▲ **닥쳐오는 재앙** 리드 리처즈는 집결한 일루미나티 멤버들에게 인커전이라는 암울한 상황과 그들이 직시해야 할 냉혹한 선택에 대해 알렸다.

기억을 지우고…
"자네는 여기에 없었어. 지금 일을 기억하지 못하게 될 거야." 닥터 스트레인지가 망각의 주문을 읊조리자, 잠시 동안 캡틴 아메리카는 마법에 걸리게 되었다. 일루미나티는 인커전을 막기 위해 더욱 극단적인 방법을 사용할 수 있게 되었다.

…그러나 용서는 없다
결국 캡틴 아메리카는 스트레인지와 그 당시 일루미나티 멤버들이 자신에게 한 일을 기억해낸다. 캡틴 아메리카는 어벤저스 동료인 호크아이, 토르, 블랙 위도우와 함께 토니 스타크와 담판을 지으러 갔고, 이는 어벤저스가 일루미나티에 대항하는 상황으로까지 흘러간다.

▶ **기억 삭제** 캡틴 아메리카는 반대 의견의 대가를 치른다. 일루미나티의 결정에 따라 닥터 스트레인지가 캡틴 아메리카의 기억을 강제로 지운다.

THE NEW AVENGERS

뉴 어벤저스

닥터 스트레인지가 뉴 어벤저스에
합류하기까지 오랜 시간이 걸렸다.
초인등록법을 둘러싼 크고 작은 일들이
벌어지는 동안, 스트레인지는 어느 한쪽
편이 되는 것을 꺼려했다. 시빌 워의
여파로 스트레인지는 자신이 관여하지
않았던 것을 깊이 후회하면서 이제는
직접 행동하기로 결심했다.
뉴 어벤저스라는 팀의 결성은 그의
결심을 보여줄 완벽한 기회였다.

▼ **변화한 라인업** 뉴 어벤저스 명단에는
제시카 존스, 헬캣, 데어데블, 아이언
피스트 등의 히어로가 포함되어 있다.

다시 시작하다

닥터 스트레인지는 지명수배 중인 도망자 어벤저
스에게 호의를 베풀어 그들이 자신의 집인 생텀 생
토럼을 근거지로 삼도록 허락했으며, 소서러 슈프
림으로서의 의무뿐만 아니라 뉴 어벤저스의 임무
도 주기적으로 지원했다.

　뉴 어벤저스가 범죄 조직의 수장인 후드에게
공격당할 때 스트레인지는 환상 마법을 걸어 후드
를 속이고, 뒤이어 악마 퇴치 마법으로 적을 사라
지게 만들었다. 그럼에도 후드는 복수를 결심했고,
후에 생텀 생토럼을 공격하여 어쩔 수 없이 스트레
인지가 강력한 마비 마법을 쓰게 했다. 흑마법을
썼다는 죄책감으로 스트레인지는 마법에 대한 통
제력을 잃었다고 느끼고, 결국 소서러 슈프림의 직
책을 포기하게 된다.

　그러나 스트레인지는 뉴 어벤저스의 활동 멤버
로 계속 남았고, 소서러 슈프림의 책임은 그의 동료
인 제리코 드럼, 일명 브라더 부두에게 넘겨졌다. 이
러한 상황은 뉴 어벤저스와 아가모토의 무시무시한
결투가 펼쳐질 때까지 계속되었고, 전투는 브라더
부두의 비극적인 죽음으로 끝이 났다.

　다니엘 드럼은 자신의 쌍둥이 형제 제리코가 죽
음에 이르게 된 것이 스트레인지 때문이라고 비난
하며, 어벤저스를 장악해 스트레인지에게 복수하려
고 했다. 스트레인지는 만만치 않은 강령술사 다니
엘을 물리치기 위해서 다시 흑마법을 써야만 했다.
하지만 이번에는 에인션트 원이 나타나 필요한 행
동이었다며 스트레인지를 용서하고, 옛 제자의 용기
를 칭찬해주었다. 닥터 스트레인지는 소서러 슈프림
으로서 자신의 정당한 자리를 되찾았으며, 계속해서
뉴 어벤저스가 제 역할을 다하도록 돕고 있다.

신뢰로 뭉친 팀
루크 케이지는 새로운 팀의
멤버들을 신중하게 선택했다.
히어로들은 전투를 함께하며
끈끈한 동료애로 뭉쳤다.

빅토리아 핸드
빅토리아 핸드는 원래 교활한
노먼 오스본의 오른팔이었다.
빅토리아는 스티브 로저스로부터
뉴 어벤저스의 한 자리를 제안
받았다. 이는 그녀를 구원해줄
기회이기도 했다.

▲ **일상복** 소서러 슈프림이라는 직함을 잃은 후,
닥터 스트레인지는 더 이상 마법사 복장을 입지 않았다.

어벤저스 오브 슈퍼내추럴
외계인 모조는 모조월드라는 행성에서 온 무척추 생명체다. 한때
닥터 스트레인지를 포함한 많은 히어로에게 어벤저스 오브
슈퍼내추럴이 되라고 강요했다. 히어로들은 '화성 트란실바니아
슈퍼 히어로 뮤턴트 괴물 사냥꾼 고등학교'라는 모조의 이상한
리얼리티 쇼에 출연하도록 세뇌당했다.

"우리는 모두 자신만의 역사가 있다."
― 루크 케이지

◀ **아가모토에 흘린 파워 맨**
아가모토의 눈을 손에 쥔 후 루크
케이지는 괴물처럼 몸집이 거대해졌다.

AVENGING AGAMOTTO
아가모토의 복수

뉴 어벤저스는 닥터 스트레인지, 다이몬 헬스트롬
이 악령에 홀리고, 팀의 리더인 파워 맨 루크 케이
지가 아가모토에 홀렸을 때 심각한 위험에 처한다.
처음에는 악마가 아가모토의 눈을 통해 그들을 지
배했기 때문이라고 믿었지만, 곧 이는 눈을 되찾
으려는 아가모토 자체의 힘이라는 사실이 명백해
졌다. 루크 케이지는 동료들이 아가모토의 마수에
서 구해주기 전까지 어벤저스 맨션을 무너뜨리고
뉴욕의 센트럴파크를 마구 휘저으며 가로질렀다.

산산조각이 난 하늘
아가모토의 공격으로 뉴욕 상공에 차원의
입구가 뚫렸고, 이곳을 통해 도시에 악령들이
내려왔다. 이들을 막는 것은 닥터 스트레인지,
스파이더맨 그리고 뉴 어벤저스의 나머지
멤버들에게 달렸다.

SUPERNATURAL STRANGE
초자연적인 힘을 가진 스트레인지

닥터 스트레인지는 디펜더스와 다양한 구성의 어벤저스
등 슈퍼 히어로 팀들과 자주 어울렸다. 하지만 동시에
초자연적인 힘에 뿌리를 둔 두 집단과도 관계가 있었다.
바로 미드나잇 선즈와 블랙 프리스트다.

블레이드
에릭 브룩스는 뱀파이어 헌터인
블레이드로 활동한다.
뱀파이어와 인간의 혼혈로 밤의
생물들의 모든 장점은 가지고
있지만 약점은 없다. 오직 피에
대한 갈망만을 제외하고….

고스트 라이더
오토바이를 타고 쇠사슬을
휘두르는 고스트 라이더는 절대
무시할 수 없는 존재다. 지옥불을
내뿜는 해골은 적에게 엄청난
고통을 안겨준다.

모비우스
과학적인 방법으로 탄생한
후천적 뱀파이어인 마이클
모비우스는 초인적인 힘과
속도를 가지고 있으며
최면술을 사용할 수 있다.

▲ **초자연적인 공격** 닥터 스트레인지는 미드나잇 선즈를
이끌고 어둠 속의 기이한 힘에 대항하여 싸웠다.

신비한 방어

악마들의 어머니 릴리스로부터 탄탄한 방어 전선을 구축하기 위해
닥터 스트레인지는 어마어마한 슈퍼내추럴 히어로들과 함께했는데,
이들은 모두 '지옥의 맛'을 보여줄 만한 지원군들이었다. 미드나잇
선즈는 살아있는 뱀파이어 모비우스, 블레이드가 이끄는 신비한 사
냥꾼 나이트스토커즈, 다크홀드 리디머즈로 구성되었으며, 팀의 리
더는 1대, 2대 고스트 라이더인 조니 블레이즈와 대니얼 케치가 맡
았다.

　　스트레인지는 릴리스가 그린란드를 침략했을 때, 멤버들을 다
시 모이게 만들었다. 강한 성격들 탓에 깨질 듯하던 팀은 초반에 서
로에게 엄청난 적대감을 보였고, 스트레인지가 조종한다는 느낌에

악행

블랙 프리스트의 초자연적인 힘을 통제하게 된 닥터 스트레인지는 그들을 이끌게 되었다. 뉴 어벤저스는 스트레인지가 어마어마한 마법 능력의 소유자로서 블랙 프리스트의 리더가 되었다는 사실에 충격을 받는다. 멀티버스를 구하려는 스트레인지의 의도에도 불구하고, 논란을 불러일으킬 만한 블랙 프리스트의 행동들은 스트레인지와 동료 히어로들 간의 갈등을 불러일으켰다.

◀ **비밀 언어** 블랙 프리스트는 혼란스럽지만 강력한 상징을 가진 언어를 사용하여 현실 세계를 왜곡시킬 수 있다.

▲ **투시력** 블랙 프리스트는 눈은 없지만, 머리에 쓴 정교한 기구로 앞을 볼 수 있다.

대부분이 분개하기도 했다.

블랙 프리스트와 닥터 스트레인지의 동맹은 다른 그룹과 협력했을 때보다 더 큰 문제를 일으켰다. 블랙 프리스트는 다른 현실 세계에서 온 이해할 수 없는 존재들의 모임이며, 이들의 정신은 수만 갈래로 이어져 있다. 이들은 인커전으로 생긴 멀티버스의 혼란을 안정시키기 위한 노력의 일환으로 '방해되는' 지구를 없애버리는데, 이를 게임 오브 월드라고 한다. 자신의 우주를 지키기 위해 앞길을 막는 자들은 가차 없이 파괴하는 것이다.

일루미나티가 공공연하게 노출되자, 닥터 스트레인지는 멀티버스를 구하기 위한 최후의 시도로 블랙 프리스트에 들어간다.

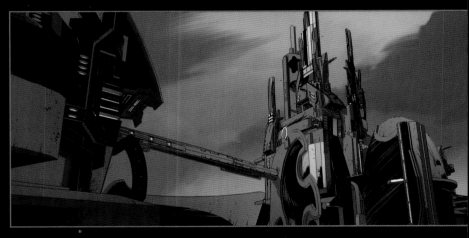

▲ **블랙 프리스트의 신전** 블랙 프리스트는 파괴된 우주 사이의 공간에 있는, 하나로 이어진 신전에 살고 있다.

◀ **대가를 치르다**
촉수가 달려 공포스럽게
변한 닥터 스트레인지는
세상을 구하기 위해 자신의
영혼을 대가로 바쳤다.

THE BLACK PRIESTS
블랙 프리스트

인커전(대체 지구들이 붕괴하는 우주의 대재앙)
이라는 강력한 위협을 막기 위해 필사적으로 해
결책을 찾던 닥터 스트레인지는 결국 흑마법으로
눈을 돌리고 말았다.

스트레인지는 자신의 세계를 보호하기 위해 다른
차원의 지구에 악마들을 소환했고 그 차원에 있
던 히어로들, 그레이트 소사이어티는 악마들에게
압도당했다. 결국 스트레인지가 속해 있던 일루
미나티의 멤버들이 스트레인지의 악마들을 물리
쳤다.

그 후 닥터 스트레인지는 외계의 신비로운 존재
들인 블랙 프리스트를 찾아냈고, 그들의 리더가
되어 불안정한 대체 지구를 파괴함으로써 나머지
현실 세계들을 구하고자 했다.

◀ **소사이어티의 불행** 그레이트
소사이어티의 선 갓, 노른을 포함한
히어로들 중에 악마처럼 힘이 세진 닥터
스트레인지와 견줄 자는 아무도 없었다.

블랙 프리스트와 블랙 스완
블랙 프리스트의 숙적은 블랙 스완이다. 블랙 스완의 리더는 라붐 알랄이며, 모든 것을 없애고 싶어 하는
것처럼 보였다. 블랙 스완과의 마지막 대결에서 블랙 프리스트가 대패하면서, 닥터 스트레인지는 라붐
알랄의 앞에 서게 되었다. 그런데 그자는 다름 아닌 닥터 둠이었다.

CHAPTER 3

ENEMY MINE

우리 세계 너머에는 상상조차 할 수 없을 정도로 엄청난 마법의 힘을 숨기고 있는 악마들이 도사리는 다크 디멘션이 있다. 더 큰 힘을 향한 채울 수 없는 갈증으로 악마들은 인간의 영혼을 먹이로 삼고 있다. 괴물, 마법사 그리고 도르마무, 모르도, 나이트메어, 메피스토와 같은 악마들은 모든 존재를 지배하고자 한다. 하지만 한 남자가 이들의 계획을 몇 번이고 계속해서 좌절시켰다. 그는 바로 소서러 슈프림이다. 이제 악마들은 지구의 수호자인 소서러 슈프림을 증오하면서 단 한 가지의 목표를 갈망하고 있다. 바로 닥터 스트레인지의 완전한 파괴다!

DORMAMMU

도르마무

'드레드 원'으로도 알려진 도르마무는 고대인이자 강력한 외부 차원의 존재로, 스스로도 신비로운 에너지로 이루어져 있다. 다크 디멘션의 통치자이며 더 많은 영역들을 자신의 통제 아래 두고자 하는데 특히 지구를 갈망한다! 닥터 스트레인지는 도르마무를 우주를 위협하는 가장 큰 재앙 중 하나로 여긴다.

▲ **눈부신 전리품**
도르마무를 지지하는 자들이
많아질수록 도르마무의 힘은
강력해지며, 그가 승리하면 지구를
전리품으로 차지하게 될 것이다.

불타는 악귀

아주 먼 과거(인간이 시간이라는 개념을 알게 된 시대)에 도르마두와 여동생인 우마르는 그들의 고향인 팔틴에서 추방당했다. 팔틴족은 순수한 마법 에너지로 이루어진 종족이었는데, 남매는 육체적 특성을 갈망하여 아버지를 살해하는 등의 실험을 했다는 사실이 밝혀져 유죄 판결을 받았다. 팔틴족에게 이러한 행동들은 절대 용납될 수 없었다.

얼마나 시간이 지났는지 모를 정도로 오랜 시간을 떠돌던 중, 추방당한 남매는 다크 디멘션을 발견했다. 다크 디멘션에 살고 있는 숙련된 마법사들인 무룩들의 왕 올나르의 조언자가 된 도르마무는 교묘하고 영악하게 정복에 대한 왕의 꿈을 독려해 주었다. 도르마무는 왕이 다른 차원들을 침략하는 것을 도왔고 마인들리스 원스가 있는 차원에까지 들어서게 되었다. 도주 중이던 도르마무와 우마르는 올나르에게 교묘한 술책을 써 파괴를 일삼는 마인들리스 원스를 풀어주게 했는데, 그들은 무룩의 군대를 진압하고 올나르 왕까지 죽여버렸다. 하지만 도르마무와 우마르는 곧 마인들리스 원스를 물리치고, 다크 디멘션을 보호하기 위해 마법 방어막을 세운다.

우마르가 전투로 힘이 약해지면서 도르마무는 다크 디멘션의 왕이 자신이라고 주장한다. 도르마무는 인간의 껍질을 벗고 본래의 에너지체로 돌아가 차원의 마법 에너지와 동화되어 신에 가까운 불의 힘을 얻는다. 도르마무는 인간 세상을 지배하고 자신의 통제 아래 두고자 하며, 이는 일찍부터 에인션트 원과 그의 제자 닥터 스트레인지와의 갈등을 불러일으킨다.

▲ ***도르마무의 지배*** 도르마무는 다크 디멘션에서 멀어지면 힘이 약해지기 때문에,
종종 지구에서 자신의 계획을 대신 펼칠 모르도 남작 같은 대리인을 이용한다.

"자비? 흥! 그건
인간들을 위한 말이지.
나한텐 아니야!"
— 도르마무

팔틴의 불꽃
팔틴족에게 주어진 신비로운
형태의 에너지인 이 불꽃은
도르마무에게 힘을 주었으나
닥터 스트레인지와 같은
마법 비술 마스터도 자유롭게
쓸 수 있다.

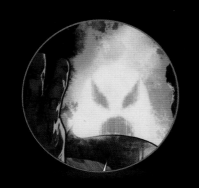

마인들리스 원스
우둔하지만 강력하며 그
수가 끝이 없어 보이는
마인들리스 원스의 능력은
상상을 초월하는 파괴와
혼돈을 불러일으키는데, 드레드 원
도르마무조차 두려워할 정도다.

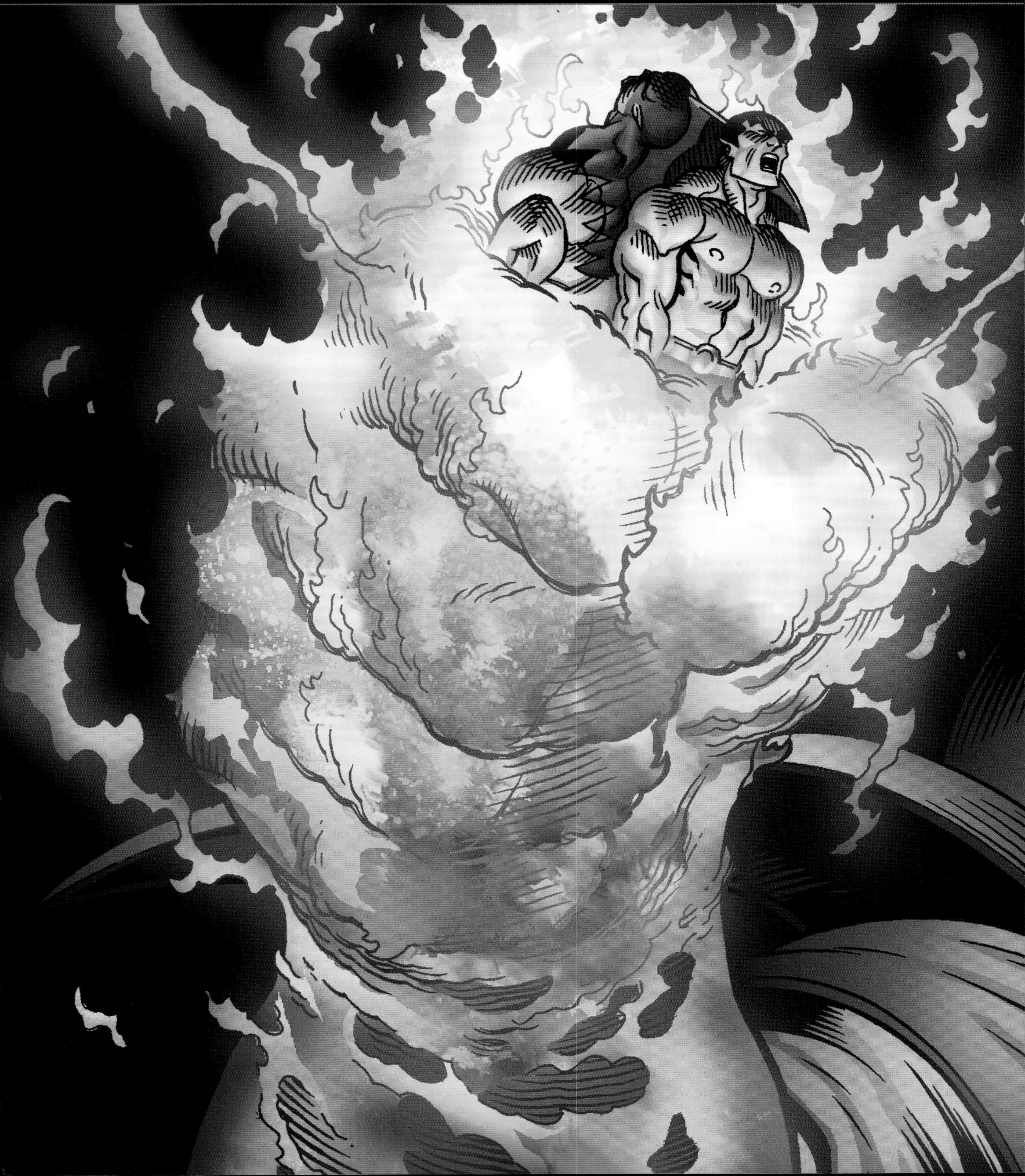

◀ ***지구에 드리운 어둠*** 도르마무는 지구로
가는 길을 알아내기 위해, 서브 마리너 네이머와
타이거 샤크에게 자신의 모든 힘을 사용해 고문했다.

THE DREAD
ONE DEFEATED
패배한 드레드 원

도르마무는 몇 번이고 계속해서 지구의 히어로들
과 챔피언들에게 격퇴당하고도 지구에서 시선을
떼지 못했다. 믿을 수 없을 만큼 강력한 힘과 교활
함에도 불구하고, 도르마무는 성급함과 오만함 그
리고 반대자들의 재빠른 조치와 협력자들의 배신
때문에 계속 실패했다. 심지어 닥터 스트레인지와
의 육체적인 전투에서도 지고 말았다. 한번은 도
르마무가 자기들도 모르게 다크 디멘션으로 오게
된 서브 마리너와 빌런 타이거 샤크를 이용해 지
구로 가는 방법을 찾고자 했다. 하지만 그들은 도
르마무의 엄청난 불의 힘과 분노를 견뎌냈고 그의
계획은 한 번 더 좌절되었다.

더럽혀진 명예
닥터 스트레인지와의 전투 중에 그의 종복이었던
모르도가 뒤에서 스트레인지를 쓰러뜨려
도르마무의 명예에 금이 가고 만다. 도르마무는
모르도에게 벌을 주었고 스트레인지에게 패배를
인정했다. 아주 잠시 동안!

BARON MORDO
모르도 남작

교활하고 강철 같은 의지를 가진 칼 아마데우스 모르도는 핏줄
속에 흐르는 마법 에너지를 이용하는 능력을 갖고 태어났다.
어렸을 때 모르도는 가족들의 감시 아래 흑마법을 연습했다.
하지만 모르도는 더 큰 목적을 달성하기 위해 더욱 많은
지식을 습득하고자 했고, 그렇게 닥터 스트레인지에게
맞서는 라이벌이자 적이 되었다.

악의에 찬 마법사

모르도 남작은 마법의 기술과 지식을 모두 습득했고, 비술도 닥터
스트레인지만큼 쓸 줄 안다. 주문을 외우고 하늘을 날거나 마음을
읽고 통제하는 등 다양한 능력을 얻어내기 위해 고대의 존재와 다
른 차원의 존재를 불러낼 수도 있다. 모르도는 다른 영역으로 가는
문을 열 수도 있고 적에게 치명적인 마법 에너지 광선을 쓸 수도 있
다. 모르도는 자신의 육체로부터 영혼을 분리시킬 수 있고, 이를 시
공간을 넘어서 다른 차원까지 보낼 수 있다. 이 심령체는 비록 무형
의 존재로 보이지만 갖고 있는 모든 마법 능력은 그대로 쓸 수 있다.

하지만 닥터 스트레인지와는 달리 모르도는 그의 능력을 오
로지 더 큰 힘을 쌓기 위해서만 사용했다. 그리고 힘을 더 키우기
위해서 도르마무와 사타니쉬와 같은 악한 존재들과 동맹을 맺었
다. 그러나 더 큰 힘을 얻게 되었음에도 모르도와 그의 강력한 어
둠의 마스터들은 닥터 스트레인지와 그의 동료들에게 계속해서
참패를 당하고 만다.

모르도 남작은 무술 실력도 뛰어난데, 마법을 완벽히 습득하
기 위해 필요한 육체적인 수련도 했다. 강한 의지와 마법에 대한
지식, 육체적 강인함이 모두 합쳐져서 모르도는 어려운 상황에서
도 대결에서 싸워 살아남을 때가 많았다. 심지어 죽음에 이르렀
다가 다시 살아난 적도 있다!

악마의 눈
모르도 남작과 닥터 스트레인지는 처음부터 충돌했다. 제자가
되기 전에 스트레인지는 모르도가 에인션트 원을 배반하려고
한다는 사실을 밝히려 했지만, 모르도의 최면을 거는 악마의 눈
때문에 말할 수 없었다.

◀ **마법의 힘** 모르도 남작은 지구의
소서러 슈프림에게 마법을 쓸 수
있는 몇 안 되는 필멸자 중 하나다.

도르마무

종종 불안하긴 했지만, 도르마무와의 동맹은 모르도 남작의 힘을 증폭시켜 주었다. 하지만 여전히 닥터 스트레인지를 패배시키기에는 역부족이다.

아스트리드 모르도

아스트리드 모르도는 그녀의 아버지와 비슷하게 흑마법에 재능이 있고 힘에 대한 끝없는 갈증을 품었다. 하지만 아버지와 달리, 그녀는 사악하기 보다는 미쳐있다.

"언젠가 내가 너를 파괴하면, 모든 인간이
날 위대한 모르도 님이라고 부르게 될 것이다!"
— 모르도 남작

▲ **고대의 존재** 모르도 남작은 자주 어둠의 힘을 결집시켜 숙적인 닥터 스트레인지를 물리치고자 했다.

▶ *풀려난 모르도* 닥터 스트레인지와 그의 친구들이 힘을 상징하는 마법의 반지 세 개를 얻었을 때, 주술에 걸려있던 모르도는 자신의 존재를 이들에게 알려 풀려날 수 있었다.

QUEST FOR POWER
힘을 얻기 위한 임무

에인션트 원의 제자였을 때 닥터 스트레인지는 힘을 상징하는 세 개의 마법 반지를 찾아내기 위해 세계를 돌아다녔다. 아끼는 동료이자 믿을 수 있는 친구 웡과 박물관장인 소피아 디 코시모와 함께 스트레인지는 대영박물관에서 마지막 반지를 찾는데, 그 순간 모르도의 공격을 받게 된다. 전투 중 모르도는 반지의 에너지로 그의 마스터인 도르마무의 영역으로 가는 문을 열고자 한다. 하지만 소피아와 웡의 도움으로 스트레인지는 이 문을 닫고 모르도를 물리칠 수 있었다.

오펜더스
모르도는 때때로 다른 빌런들, 레드 헐크와 타이거 샤크 등과 팀을 이루기도 했다. 이들은 오펜더스라는 팀으로 알려져 있다.

NIGHTMARE
나이트메어

악몽의 영역의 지배자로서 악마 나이트메어는 잠자는 사람들에게 고통을 안겨주면서 깊은 내면의 두려움과 어두운 비밀을 캐내어 그의 존재 자체인 힘을 얻는다. 나이트메어는 밤의 세계를 침략하는 것에만 만족하지 않고, 오랫동안 자신의 야망과 놀라운 판타지를 만족시키겠다는 희망을 품고 꿈의 영역을 넘어서 영향력을 확장시키고자 했다.

▲ **마법 생성** 나이트메어는 가끔 마법 봉을 이용해 스파이니비스트들을 부리는 등 자신의 힘을 사용한다.

◀ **드림스토커**
나이트메어는 미로처럼 얽힌 꿈의 세계를 애마인 검은 말, 드림스토커를 타고 나타나기도 한다.

꿈속의 악마

꿈꾸는 자가 있는 곳에는 언제나 악몽이 있다. 그리고 악몽이 있는 곳에는 창백한 얼굴의 악마 나이트메어가 있다. 살아있는 존재가 꾸는 꿈은 모두 그의 영향력 안에 있다. 즉, 인간이든 아니든 초인인 헐크나 신인 토르, 심지어 이터니티와 같은 우주적 존재도 모두 나이트메어의 먹이다. 나이트메어는 꿈꾸는 세상에서 정신 에너지를 추출하여 자신의 영역을 완전히 통제할 수 있고 그때그때 자신의 계획에 맞게 그 형태를 바꿀 수도 있다. 나이트메어는 보통 나쁜 꿈에서 나오는 부정적인 정신 에너지를 빨아들이는데, 가끔 특정한 심령체를 특별한 고통에 빠지게 하거나 깨어있는 세계에서의 행동에 영향을 주는 악몽을 유도하기도 한다.

다른 다크 디멘션의 많은 거주자들과 마찬가지로 나이트메어는 다양한 방법으로 자신의 힘을 키워나가는 방법을 강구했다. 고대의 존재인 슈마고라스와 동맹을 맺기도 하고 때로는 더 큰 마법 능력을 얻기 위해 촉수가 달린 이 공포의 존재의 하인처럼 굴기도 했다. 그리고 드웰러 인 다크니스가 피어 로드라 불리는 악마들의 모임을 결성했을 때, 나이트메어는 세상에 두려움과 공포를 심어주겠다는 그들의 계획에 합류했고 극에 달한 두려움을 통해 힘을 얻고자 했다.

비록 항상 패배했지만 나이트메어는 살아있는 세상을 어둠 속에서 조용히 조작하는 능력 덕분에 닥터 스트레인지의 교활하고 가장 위험한 적 중에 하나로 남아있다.

▲ **나이트메어의 영역** 나이트메어는 드림 디멘션의 절대적인 지배자다.

드림퀸
라이브월드의 지배자이자 나이트메어의 딸인 드림퀸은 인식을 조작하고 강력한 환상을 만들 수 있는 서큐버스다.

스파이니비스트
나이트메어가 불러낸 스파이니비스트는 다리가 네 개 달린 생물로, 건드리면 치명적인 상처를 입히는 뾰족한 가시로 뒤덮여있다.

"아이들의 침대 밑 어둠 속에서,
모든 인간들의 머릿속 무의식에서…
날 찾을 수 있을 거야!"
— 나이트메어

◀ **나이트메어의 놀잇감들**
초기에 이니셔티브(시빌 워 이후 미국 정부가
만든 초인들의 훈련 기관)의 히어로들은
나이트메어의 꿈속 공포에 저항할 힘이 없었다.

NIGHTMARE SCENARIO
나이트메어의 시나리오

더욱 대담한 수 중 하나로, 나이트메어는 자신
의 아들인 테리 워드, 일명 트라우마라고 하는
어벤저스 이니셔티브의 어린 히어로의 육체를
이용해 지구에 나타났다. 나이트메어의 목표는
세상을 그가 원하는 대로 움직이면서 모든 인
류가 동시에 악몽으로 고통받는 모습을 지켜
보는 것이었다. 하지만 이니셔티브의 멤버들은
각자의 악몽을 극복할 수 있었고, 멤버 중 페넌
스는 나이트메어를 파괴시키고 트라우마에게
아버지의 속박으로부터 자유로워질 기회를 주
려고 했다.

불가능한 꿈
지구의 모든 사람들에게 동시에 밤의 공포를
안겨주고자 했던 나이트메어의 계획은
불가능해 보였지만, 무서울 정도로 목표에
가까이 다가갔다.

73

MEPHISTO
메피스토

수많은 악마들 중에서도 훨씬 더 악랄한 존재인 메피스토는
지구에 있는 대부분의 사람들이 떠올리는 '악마'의 표본이다.
불멸의 존재가 아닌 필멸자들의 영혼을 사거나 거래하여 자신의
영역 안에 가두고 고통을 준다는 사실만 봐도 왜 사람들이
메피스토를 악마로 보는지 잘 알 수 있다.

혐오스러운 거짓의 군주

지옥의 군주로 알려진 다른 악마들과 마찬가지로 메피스토는 지옥
에서 자신만의 영역을 지배한다. 자신의 의지대로 현실 세계의 구조
를 조작할 수 있지만 쓸 수 있는 힘에는 한계가 있다. 힘을 최대로
끌어내기 위해 자신의 영역에 갇혀 영원토록 고통받는 영혼들에게
의존하고 있으며, 만약 이 어둠의 근거지에서 오랫동안 멀어지면 힘
이 약해진다는 단점이 있다.

그럼에도 메피스토는 어마어마한 적수다. 차원 사이를 자유
자재로 돌아다닐 수 있고, 겉모습을 마음대로 바꾸며, 지구의
강력한 히어로들보다 육체적 힘을 더 강화할 수 있고, 마법
의 힘으로 공격과 방어가 가능하다. 영악한 사기꾼이며 조
종과 속임수에 능하다. 메피스토의 엄청난 능력들은 사실
환상으로 이루어진 부분도 많은데, 상대방이 메피스토를
실제보다 훨씬 더 강력한 존재로 생각하도록 완벽하게 속
일 수 있다.

메피스토는 지구의 히어로들과 셀 수 없이 많은 전투
를 펼쳤으며 갤럭투스와 같은 우주적 존재와도 대결했다.
몇 년 동안 메피스토는 고귀한 영혼인 갤럭투스의 사자,
실버 서퍼를 포획하고자 노력했는데 이 영혼으로 사악한
힘을 훨씬 더 크게 키울 수 있기 때문이었다. 하지만 교묘
한 계략에도 메피스토는 실버 서퍼와 마주칠 때마다 패했으
며, 때로는 거의 파멸될 지경에 이르기도 했다.

그럼에도 불구하고, 닥터 스트레인지가 아는 가장 오래된 악
의 존재인 메피스토는 늘 스스로 부활할 수 있으며 절대로 쓰러뜨
릴 수는 없다.

◀ **악마의 의도** 메피스토는 인간의 영혼에서
힘을 빼앗거나 동료 악마들로부터 훔쳐와서 자신이
지배하는 지옥의 영역에 더 큰 힘을 쌓고자 했다.

자라토스

자라토스는 강력한 힘을 가진
악마로 메피스토의 라이벌이다.
메피스토와의 대결에서 패한 후
자라토스는 수천 년 동안
메피스토를 모시도록 강요받았다.
메피스토는 자라토스를 필멸자의
몸에 붙여, 고스트 라이더라는
존재를 만들어냈다.

블랙하트

다이몬 헬스트롬이 진정 악마
혈통인지는 논란의 여지가 있을
수도 있지만, 반항적이고 사악한
블랙하트는 메피스토의 진짜
아들이다.

> ## "지구를 향한 나의 야심이
> ## 날이 갈수록 커지는구나!"
> — 메피스토

악마의 딸

메피스토에게는 메피스타라는 딸도 있다. 모르도 남작의
영혼을 빼앗기 위해 메피스타를 보냈을 때 닥터 스트레인지는
처음으로 메피스타를 보게 되었다.

▲ **악마에게 치른 대가** 자신의 영역에 가둔 영혼들과 지구의 숭배자들에게서 힘을 얻는
메피스토는 자신의 손아귀에 들어오는 새로운 필멸자들을 영원히 환영할 것이다.

◀ *메피스토의 승리* 피터 파커가
메피스토에게 넘어가 결혼과 행복 그리고
영혼의 일부를 대가로 거래하고 말았다.

DEAL WITH THE DEVIL
악마와의 거래

피터 파커가 스파이더맨이라는 사실이 드러나면서 총격을 당한 메이 숙모를 살리기 위해 필사적으로 애쓰던 피터는 닥터 스트레인지에게 도움을 청했다. 스트레인지가 숙모를 이제 놓아주라고 조언했지만 피터는 이를 받아들이지 못하고 메피스토를 찾아갔다.

악마는 메이 숙모의 목숨값으로 엄청난 대가를 요구한다. 바로 피터의 행복의 근원인 메리 제인 왓슨과의 결혼을 거래 조건으로 삼은 것이다.

피터와 메리 제인은 그들의 삶을 영원히 바꾸게 될 거래에 동의했고, 이번만큼은 메피스토가 정확히 자신이 원하는 바를 얻어낼 수 있었다. 피터의 영혼 일부가 영원히 비명을 지르는 것을 들으며 악의에 찬 기쁨을 즐기게 된 것이다.

파우스트식 거래
인간들은 종종 메피스토와
같은 존재에게 부와 힘,
불멸을 얻기 위해 영혼을
파는 거래를 하지만 피터
파커의 목적은 그런
인간들에 비해 훨씬 더
숭고했다.

IN THE SERVICE OF EVIL
악에 속하는 자들

닥터 스트레인지의 적들은 수많은 차원에서 다양한 형태로 모습을 드러낸다. 이들 중 일부는 선의로 시작했지만, 결국 어두운 길로 빠지고 만 자들이다. 다른 자들은 애초에 저주와 파멸의 길을 택했다. 동떨어진 다른 여러 세계에서 계속 생겨나고 있는 적들도 있다. 소서러 슈프림으로서 스트레인지는 오래된 적, 새로운 적 등 수많은 적 때문에 항상 경계를 늦추지 않아야 하며 지구를 지배하려는 악의 무리를 막아야 한다.

실버 대거
한때 교회의 추기경이었던 아이제이어 커웬은 흑마법을 자세히 조사하고는 자신이 악마라고 생각하는 모든 것들과 싸우는 데 열정을 쏟아붓는데, 여기에는 닥터 스트레인지와 그의 동료들도 포함된다. 자신의 이름처럼, 성수를 적신 은으로 된 단검을 무기로 쓴다.

드웰러 인 다크니스
드웰러 인 다크니스는 고대의 악마로 감정이 있는 존재들의 두려움을 먹고 산다. 아가모토의 오랜 적이며 소서러 슈프림의 적이기도 하다.

잔두
잔두는 정신이상자가 된 능력이 뛰어난 마법사다. 사고로 한 여인을 식물인간 상태로 만들고 난 후에 그녀를 되살리기 위해 계속해서 헛된 시간을 쏟고 있다.

디스페이어
드웰러 인 다크니스가 지구의 대리인으로 삼기 위해 창조한 디스페이어는 인간의 두려움과 무력함을 먹고 산다. 소서러 슈프림이 디스페이어의 정교한 속임수를 꿰뚫어 보기 전에는 닥터 스트레인지를 거의 패배 직전까지 몰아갔다.

널 더 리빙 다크니스
닥터 스트레인지와 디펜더스의 적인 널 더 리빙 다크니스는 스라프(천사 비슷한 종족)의 부정적인 생각과 감정에서 태어난 악마다.

네뷸로스
사악한 외부 차원의 존재로, 지나치게 강력해진 네뷸로스는 자신을 물리치려는 리빙 트리뷰널의 반대편에 섰다. 닥터 스트레인지는 트리뷰널이 네뷸로스를 물리치는 것을 도왔다.

드라큘라
뱀파이어 군주 드라큘라는 수백 년 동안 인간을 잡아먹으며 살아왔다. 닥터 스트레인지가 몬테시 포뮬러라는 주문을 시전하자 잠시 동안 드라큘라와 다른 뱀파이어들이 전멸했다. 다크홀드라는 두꺼운 마법책에서 발견한 이 주문은 지구에서 뱀파이어들을 사라지게 하는 주문이었다.

인챈트리스
인챈트리스는 강력한 아스가르드의 마법사로 감정을 조작하는 데 능수능란하다. 그녀는 강한 의지조차 무너뜨릴 수 있는 능력이 있다.

티보로
페루의 마법사였던 티보로는 원래 있었던 영역인 6차원에서 추방된 이후에 신과 같은 마법사가 되었다.

사타니쉬
사타니쉬는 지옥의 군주들이 라이벌이라고 생각하는 악의 존재다. 자신에게 영혼을 판 인간의 몸으로 활동하기를 좋아한다.

SATANNISH
사타니쉬

사타니쉬는 지옥의 군주 중 메피스토 다음가는 두 번째로 강력한 괴물 같은 존재다. 지구에 살고 있는 인간들의 영혼을 탐하면서 사타니쉬는 영원히 인간을 지배하려는 계략을 꾸미고 있다. 하지만 때로는 그의 사악한 의도가 지구를 보호하는 효과를 내기도 했다. 예를 들어 외계의 스크럴족이 지구의 마법을 통제할 수 있는 영국의 아발론을 침략하려 했을 때 사타니쉬는 단 한 가지 주문을 외워 침략한 무리들을 모두 제거했다. 그리고 이들이 다시 돌아오는 것을 막기 위해 방어막을 치고 계속 지구를 자신만의 것으로 만들 날을 노리고 있다.

◀ **악마의 분노** 사타니쉬가 자신의 영역으로
우연히 들어온 외계 침입자들에게 분노를 터뜨렸다.

선즈 오브 사타니쉬

선즈 오브 사타니쉬는 소수의 위험한 마법사 집단으로 더 강력한 힘을 쓰기 위해 서로의 능력을 모았다. 어둠 속에 몰래 숨어서 활동하며 사타니쉬를 숭배하는 데 헌신하며, 닥터 스트레인지와 동료들에게 위협적인 존재다. 과거에 클레아를 납치해 비샨티의 책을 훔치려고 한 전적이 있으며 아주 위험한 악마들을 불러들였다.

ENTITIES, OLD AND EVIL
고대의 사악한 존재들

어떤 악마들은 나타났다 사라지기도 하고 또 어떤 악마들은 오랫동안 남아 널리 퍼지기도 한다. 촉수가 있는 끔찍한 존재인 슈마고라스와 같은 고대 존재들은 셀 수 없이 많은 차원에서 수십억 년을 존재했다. 이들은 지구가 생긴 이래로 인간의 몸과 영혼을 잡아먹으며 살아왔다. 크톤과 같은 다른 존재들은 오랜 세월에 거쳐 세상을 오염시키는 흑마법과 사악한 지식의 원천으로 판명되었다.

◀ *태고의 공포* 오래된 적 중 하나인 슈마고라스는 외부 차원의 존재로, 지구와 다른 영역들을 수천 년간 정복하고자 했다.

악마 소환

오래전 고대의 강력한 존재와 퇴폐한 신들이 전쟁을 치를 때 마더 네이처가 그들에 반대하고 지구를 구하기 위해 새롭고, 신과 같은 힘을 지닌 존재를 아들로 낳았다. 크톤은 전쟁 중이던 고대 신 중 하나였는데 흑마법을 추구하다가 놀라울 정도로 힘이 악해졌다. 마더 네이처의 아들을 이길 수 없다는 사실을 깨달은 크톤은 쉽게 파괴되지 않는 양피지에 자신의 끔찍한 지식들을 모두 적고, 후대가 찾을 수 있도록 했다.

크톤은 살아남았지만 다른 차원으로 쫓겨나고 말았다. 그러나 흑마법을 행하는 자들이 그가 남긴 글에 의지하고 더 강한 힘을 위해 그의 이름을 부름에 따라 크톤의 영향력은 지구에서 이어졌다.

최근에 모드레드 더 미스틱은 크톤을 추방에서 자유롭게 풀어 주었다. 고대 신은 현실 세계에 완전히 새롭게 태어나고자 지구의 히어로들과 충돌해왔다. 하지만 역시 닥터 스트레인지와 그의 동료들에 의해 좌절되었다.

▲ *신들의 새벽* 크톤을 포함한 고대 신들은 새롭게 형성된 지구의 원시 에너지로부터 생겨났다.

▲ **은색의 천벌 퀵실버** 모드레드 더 미스틱은 크톤이 지구로 돌아올 수 있도록 차원 사이의 문을 열어 히어로 퀵실버의 몸을 차지하도록 했다.

두루마리
크톤이 고대의 두루마리에 쓴 내용은 흑마법의 기초가 되고 결국 다크홀드라는 불길한 책을 만들어냈다.

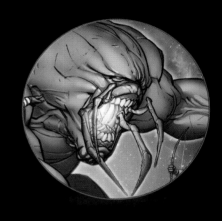

아툼
아툼은 전쟁 중인 고대 신들의 세계를 제거하고 자애로운 신들과 새로이 탄생한 인간들에게 길을 열어주기 위해 창조되었다.

> "풀어야 할 세계가 존재한다.
> 현실을 파괴하라."
> — 크톤

은가라이
은가라이는 크톤이 추방당한 이후 창조된 악마들이다. 수천 년 동안 인간을 괴롭혀왔다.

▶ 영원한 악마
슈마고라스는 지금의 차원에서
오랫동안 흔적이 사라졌다가
어느 날 뉴욕의 타임스스퀘어에서
모습을 드러내 살아있는 모든 것의
영혼을 먹어치우려고 했다.

SHUMA-GORATH
슈마고라스

사악한 최강의 존재인 타노스의 명령에 따라 외계
생명체인 에보니 모는 닥터 스트레인지를 속여서
슈마고라스를 뉴욕에 소환하도록 했다. 파워 맨,
화이트 타이거 등 다른 히어로들은 고대 존재가
근처에 있는 사람들을 잡으려고 하자 맞서 싸우기
시작했다. 파워 맨은 자신의 생명력을 화이트 타
이거에게 넘겨주었고, 그 힘으로 함께 슈마고라스
를 물리칠 수 있었다. 지금 당장은…

나의 진정한
모습을 보거라… 그리고
죽어라!!

호고스의 화신으로!

운명적 결정
초반에 슈마고라스와의 전투에서 닥터
스트레인지는 에인션트 원의 자아를 파괴했다.
이는 괴물을 멈추게 했을 뿐만 아니라 스승
에인션트 원이 슈마고라스에게서 풀려나,
초월을 이루게 했다.

A NEW GENESIS
새로운 기원

소서러 슈프림의 앞에 나타난 서로 너무 다른 두 명의
마법사는 영생과 시간 여행의 위험성을 극적으로 보여주었다.
시세넥이라 불리게 될 한 마법사는 마법 지식과 힘을 모으기
위해 미래에서 시간 여행을 통해 거슬러왔다. 약 300년
전에 태어난 또 한 명의 마법사 칼리오스트로는 영생의
비밀을 푸는 데 성공했다. 그들의 행적이 엇갈렸을 때, 닥터
스트레인지는 이들과 지구의 생명들을 위한 전쟁에 휩쓸렸다.

▲ **우주의 운명** 모든 일에는 항상 의미가 있는가?
시간을 여행하면서 시세넥은 신의 힘을 휘두르며
소돔과 고모라라는 성서 속의 도시를 파괴했다.

▲ **폭로** 가짜 칼리오스트로는 본래 31세기의
불만 가득한 마법사 시세넥으로, 신이 되려는
야심 찬 계략을 꾸미던 본모습을 드러냈다.

무한한 힘

시세넥은 칼리오스트로가 태어나고 수천 년이 지난 후에야 삶을 시
작했다. 마법이 흔한 미래 세계에서는 많은 사람이 마법 에너지의
근원을 이용하다 보니 그 효과가 약했다. 패러독스 없이 시간 여행
을 할 수 있는 주문을 만들어낸 시세넥은 자신의 존재를 지우고 과
거의 중요한 마법 시대들을 방문했다. 그렇게 시세넥은 시간을 거슬
러 돌아다니며 더 많은 힘을 쌓았다.

　18세기 파리로 갔을 때 시세넥은 방금 도시를 떠난 주술사 칼
리오스트로의 모습으로 위장했다. 진짜 칼리오스트로는 모사꾼이

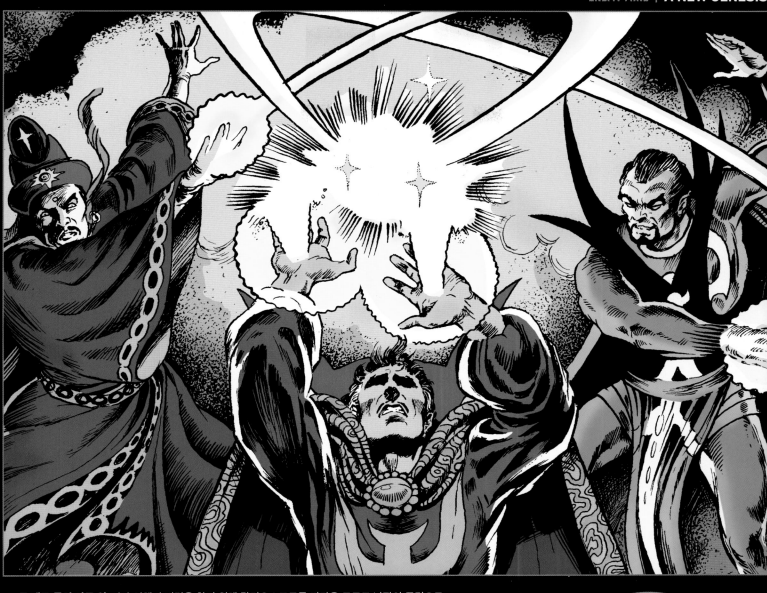

▲ **두 배로 골치 아픈 일** 시간 여행의 비밀을 찾기 위해 칼리오스트로를 따라온 모르도 남작의 공격으로 닥터 스트레인지는 자신의 힘의 한계점이 어딘지 깨닫고, 스스로 부족하다는 사실도 알게 된다.

"내가 신성을 이루었다!"
— 시세넥

칼리오스트로의 책
칼리오스트로로 위장하는 동안 시세넥은 주술에 대한 자신의 지식을 마법책인 칼리오스트로의 책에 추가했다. 이 책에는 흑마법책인 다크홀드에 수록된 주문도 포함되어 있다.

자 마법 관련 설화를 모으는 수집가였다. 그의 어두운 탐구는 뱀파이어들의 군주 드라큘라와의 갈등을 불러일으키기도 했다.

시세넥이 모르는 사이에 모르도 남작은 칼리오스트로를 찾았다. 아마 칼리오스트로의 신비로운 지식이 에인션트 원과 닥터 스트레인지를 없애는 데 도움이 될 것이라고 생각했기 때문이다. 그래서 모르도 남작은 과거로 가서 그의 비밀을 캐내고자 했다. 닥터 스트레인지가 그 계획을 알고 파리로 쫓아갔지만 그곳에서 모르도 남작이 아닌 시세넥을 발견했다. 스트레인지는 미래에서 온 마법사가 시간 여행을 하는 의도가 오래된 적인 모르도 남작보다 그의 세상에 훨씬 더 큰 위협이 되리란 사실을 깨닫고, 시세넥의 계획을 막기 위해 우주의 시작, 창조의 새벽까지 거슬러 추격했다. 인류의 운명은 위기에 처했다.

▶ *순수한 마법*
시세넥은 31세기의 모든
마법 에너지를 소유하기 위해
창조의 새벽까지 돌아갔다.

SISE-NEG
시세넥

시세넥은 먼 미래에서 온 인간 마법사다. 우주의 마법 에너지양에 한계가 있다는 사실을 깨달은 시세넥은 시간을 거슬러 올라가기 시작했다. 그리고 탐욕스럽게 지난 시대의 마법 에너지를 흡수해갔다. 닥터 스트레인지는 시세넥을 쫓아 시간을 여행하며 힘에 굶주린 이 마법사를 설득하여 그의 계획을 중단시키고자 했다. 하지만 스트레인지를 무시하면서, 시세넥은 시간이 생기기 시작한 때로 가는 중에 자신의 힘을 탐냈던 모르도 남작과 슈마고라스를 물리쳤다. 엄청난 힘을 흡수한 시세넥이 신과 같은 존재가 되면서 필멸자였을 때의 욕망은 관심 밖의 일이 되었다.

새로운 이해
시세넥이 신과 같은 신성의 극치에 다다랐을 때, 상상하는 대로 우주를 개조하겠다는 목표가 어리석고 헛된 꿈이라는 사실을 알아차렸다. 시세넥은 우주가 자연 그대로 생성된다는 사실을 받아들이고 천국으로 사라졌다.

MORGAN LE FAY
모건 르 페이

아서왕과 카멜롯의 시대에 태어난 모건 르 페이는
지구에서 가장 강력한 여자 마법사 중 하나로 성장했다.
모건 르 페이가 지닌 타락한 불멸의 본성뿐만 아니라
히어로와 빌런 들의 시간 여행 때문에 그녀는 과거와 현재
속에서 여러 차례 선과 악 사이에서 갈등을 빚고 있다.

▲ 마법의 가마솥
모건 르 페이의 성은
12세기 영국의 마법에 걸린
안개가 흐르는 계곡 깊숙한
곳에 있다. 모건은 시간 여행을 하는
닥터 둠에게 가마솥을 통해 불굴의 악마
군단을 소환하는 방법을 보여주었다.

모드레드
모건 르 페이의 조카인 모드레드
더 미스틱은 젊은 마법사의
제자로, 크톤에게 그의 영혼을
팔도록 강요받았다. 대가로 그는
엄청난 마법을 하는 사악한
마법사가 될 수 있었다.

마법계의 대모

자연과 고대 마법의 창조물인 요정과 인간의 혼혈인 모건 르 페이는
6세기 영국에서 태어났으며 그 땅의 왕, 이부동생인 아서와 자주 갈
등을 빚었다. 혈통 때문에 모건은 마법에 친밀감이 있었고 주술에 대
한 지식과 힘을 키우기 위해 다양한 방법을 찾았다. 이는 그녀를 고
대 신 크톤의 어둠의 주술로 이끌었다. 모건은 다크홀드라고 알려진
많은 사람들이 찾는 마법책에서 금지된 정보를 얻기 시작했다.

심지어 이 당시에도 크톤을 소환했을 정도로 충분한 능력이 있었
지만 곧 고대 신이 통제가 안 된다는 사실을 깨달았다. 결국 모건은 오
랫동안 소환한 고대 신 크톤을 안전하게 산에 묶어놓을 수밖에 없었다.

모건 르 페이는 혈통으로 인해 사실상 불멸의 존재가 되었는데,

▲ **불공대천의 원수** 어벤저스의 도움으로 모건 르 페이를 막은 닥터 스트레인지의 행동 때문에 그녀는 그에게 복수를 맹세했다.

"물론 널 도와줄 용의가 있지. 대가만 지불한다면!"
— 모건 르 페이

이는 그녀가 공부를 계속하고 흑마법을 마스터하는 데 아주 충분한 시간이었다. 모건은 다른 마법사들처럼 심령체를 분리하여 시공간을 넘나들 수 있다. 또한 순간 이동이 가능하고, 불꽃을 발사하고 방어막을 펼칠 수 있으며, 무생물을 괴생명체로 바꾼다거나 강령술로 죽은 자를 되살릴 수도 있다! 이런 모건 르 페이에게 단 한 가지 약점은 바로 강철이나 철로 만든 물체에는 다칠 수 있다는 것이다.

모건의 계략은 현재까지 이어져서 세계의 히어로들과 빌런들을 괴롭히고 있으며, 닥터 스트레인지와 그의 오랜 동맹인 어벤저스와도 끊임없는 충돌을 빚고 있다.

노른 스톤
가끔 모건 르 페이는 아스가르드의 노른 스톤을 이용했다. 엄청난 마법 에너지와 연결되어 있는 노른 스톤은 소유자의 의지와 갈망에 따라 그 효과가 결정된다.

크톤
고대 신 크톤의 타락한 힘은 흑마법에 대한 전설적인 책, 다크홀드를 통해 직간접적으로 모건 르 페이와 모드레드에게 영향을 미치고 있다.

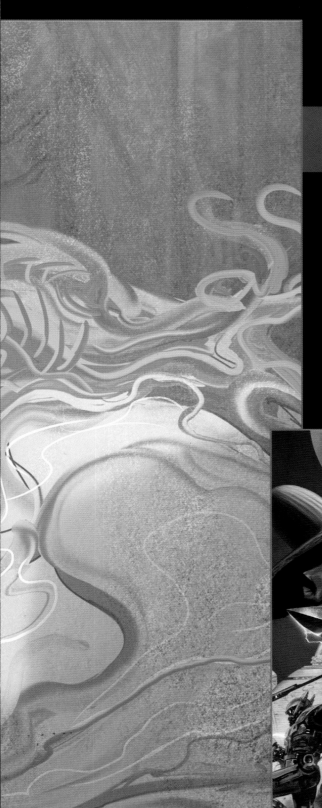

◀ *가혹한 군주* 모건 르 페이는 현재
야만의 땅, 위어드월드를 지배하고 있다.
이곳은 용과 검, 마법의 땅이다.

WEIRD QUEEN
섬뜩한 여왕

우주적 존재인 비욘더즈와의 전쟁으로 모든
현실 세계가 파괴되었을 때 닥터 둠, 닥터 스
트레인지, 몰러큘 맨은 파괴된 세상의 수많
은 조각들을 이어 붙여 배틀월드라는 행성으
로 만들었다. 배틀월드의 한 지역이 위어드
월드이며, 흉포한 여마법사인 모건 르 페이
가 이곳을 지배했다. 배틀월드는 우주가 복
원되었을 때 사라졌지만, 위어드월드는 별개
의 영토로 지구에 살아남았으며 모건 르 페
이는 무자비한 군주로서 남을 수 있었다.

위대한 아콘
전사들의 지도자 아콘은
여마법사의 꼬임에 넘어가
스트레인지와 결투를 한
적이 있다. 당시 아콘은
위어드월드를 통과하여
자신의 잃어버린 왕국인
폴리마커스를 찾고자 했다.
아콘은 끊임없이 책략을
꾸미는 모건 르 페이를 따라
거래할 수밖에 없었다.

UMAR
우마르

팔틴족으로서 우마르는 한때 순수한 마법
에너지로 이루어진 존재였다. 비록 지금은
육신에 묶여있지만 우마르는 지금도
쉽게 방대한 마법의 힘을 불러낼 수 있다.
악한 의도를 가지고 항상 자신의 영역을
확장하고자 하는 우마르는 인간 세계에
대단히 위협적인 존재로 남아있다.

▲ **불꽃 화관** 통치의 불꽃은 우마르가 다크 디멘션을 지배했을 때, 오빠인
도르마무에게서 그녀의 머리로 전해진 마법 에너지가 가득한 왕관이다.

▲ **악한 의도**
우마르는 근거지인 다크
디멘션에서 자신의 영역을
확장하려는 음모를 꾸민다.

가차 없는 자

영겁의 시간 전에, 도르마무와 우마르 남매가 다크 디멘션으로 추방
당했을 때, 둘은 육체를 가지고 무룩 왕의 조언자가 되었다. 어느 순
간 우마르가 무룩 왕자의 아이를 가졌고, 아이 이름을 클레아로 지
었다. 이로써 우마르는 순수한 마법 에너지의 상태로 되돌아갈 수
없게 되었다.

그럼에도 우마르는 가공할 만한 힘을 유지했으며, 주문과 주술
에 대해서도 계속 공부했고, 다른 강력한 존재들의 도움도 받았다.
특히 환상 마법과 무생물을 움직이게 하는 마법에 능하게 되었다.
이런 능력을 차원 간 이동과 에너지 광선 발사, 그리고 포스 필드를
포함한 여러 능력들과 혼합했다.

클레아
무룩 왕자 오리니의 딸로서 클레아는 다크 디멘션의 합법적인 계승자. 어머니인 우마르와 삼촌 도르마무와 마찬가지로 통치의 불꽃을 가질 수 있다.

▲ **의외의 협력자**
우마르는 오빠 도르마무에 맞서기 위해 헐크의 도움을 받아 마인들리스 원스를 쫓아버렸다.

"**우마르는 단지
사악한 적이 아니라,
악의 화신이다!**"
— 에인션트 원

우마르와 라이벌이 되는 것을 두려워한 도르마무는 우마르를 다른 차원에 감금했다. 모순적이게도 우마르는 도르마무가 닥터 스트레인지와 이터니티 때문에 다크 디멘션에서 쫓겨났을 때 자유의 몸이 되었다.

왕좌를 거머쥐고 우마르는 닥터 스트레인지가 자신의 계획에 간섭하지 않도록 했다. 초반에 우마르를 만났던 초보 마법사는 우마르와 대결 자체가 안 됐고, 그녀를 물리치기 위해 마법의 괴수 좀을 풀어놔야만 했다. 하지만 불멸의 우마르는 소서러 슈프림을 괴롭히기 위해 계속해서 돌아왔다. 심지어 오빠를 통해 이터니티에게서 가져온 우주의 힘까지 얻어 마법 능력이 더욱 강해졌다.

좀
좀은 한때 닥터 스트레인지가 우마르를 물리치기 위해 이용했던 존재로 현재는 스트레인지, 우마르, 도르마무를 철천지원수로 보고 있다. 좀은 엄청나게 강한 마법 괴수이며, 목표는 오로지 혼란과 파괴를 일으키는 것이다. 앞서 좀의 능력을 알아보고 악으로 어떤 세계든 망가뜨리겠다고 생각한 도르마무와 이터니티에 의해 제지당해 감금되기도 했다.

ZOM
좀

소서러 슈프림은 보통 좀이 일으키는 혼란과 파괴로부터 지구를 보호하고 있다. 하지만 광분한 헐크를 맞닥뜨렸을 때, 닥터 스트레인지는 좀을 소환하여 악마의 힘을 초록색 피부의 골리앗을 멈추는 데 쓰도록 했다. 좀의 힘이 더해져 우위에 있는 동안, 마법 비술 마스터는 대결의 중심에서 악마를 통제하는 능력을 잃고 있다는 걸 깨달았다. 두 사악한 존재들 중 헐크가 덜 사악하다고 판단한 스트레인지는 녹색의 거인이 좀을 물리치도록 했다.

◀ **위험한 수단** 닥터 스트레인지가 헐크와 싸우기 위해 좀의 힘을 이용했는데, 이는 거의 헐크를 압도할 정도였다!

크라운 오브 블라인드니스
닥터 스트레인지가 우마르를 물리칠 수 있도록 처음 좀을 풀어줄 때, 좀이 머리에 쓰고 있던 크라운 오브 블라인드니스를 없애주며 괴물을 격려했다. 하지만 좀의 손을 묶은 리빙 본디지로 인해 좀의 파괴력은 전보다 줄어들었다.

THE EMPIRIKUL

엠피리쿨

닥터 스트레인지는 수많은 강력한 적들과 싸우고 이겨냈지만 엠피리쿨처럼 도저히 쓰러뜨릴 수 없는 적들도 일부 있었다. 스트레인지의 감시하에도 이 막을 수 없는 군대는 모든 현실 세계를 가로질러 가차 없이 쳐들어왔다. 엠피리쿨은 대단히 파괴적이며 단 한 가지 생각만을 가지고 있었다. 바로 마법의 종말이다. 소서러 슈프림조차 지구에 도착한 엠피리쿨을 멈추기엔 역부족인 것으로 보인다.

▲ **하늘에서의 공포** 엠피리쿨이 지구를 습격하면서, 그들의 거대한 배가 뉴욕에 어두운 그림자를 드리우기 시작했다.

◀ **끈질기고 무자비한 적** 엠피리쿨은 모든 것을 정복하는 힘을 가진 차원 간의 존재로, 슈퍼 과학을 이용하여 마법을 사용하는 모든 이들을 제거하고자 한다. 맹렬하고 잔인한 지도자가 그 길을 이끌고 있다.

마법의 마지막 날

초현대적인 마인들리스 원스와 마찬가지로 엠피리쿨의 무시무시한 외눈박이 군단은 마법을 부리는 사람을 찾으면 악의로 가득한 거대한 눈으로 그들을 쏘아보았다. 마법의 힘에 의해 지배되던 세상에서 탄생한 슈퍼 과학의 산물들은 모든 형태의 마법을 교란하고 파괴할 수 있는 힘을 휘두른다. 마법은 혐오스러운 것이라는 광적인 철학에 이끌려 엠피리쿨은 마법의 완전한 소멸만을 추구한다.

몇몇 소서러 슈프림을 제거하고 그들의 차원을 정화한 엠피리쿨은 지구의 마법적 존재들에 시선을 돌렸다. 스칼렛 위치와 같은 카오스 마법사, 샤먼과 브라더 부두처럼 자연과 영혼을 다루는 마법사, 다이몬 헬스트롬처럼 악마의 영향을 받은 자와 아이언 피스트와 같이 능력의 근원이 마법인 자들까지… 그 누구도 안전할 수 없었다.

엠피리쿨을 이끄는 임페레이터는 과학을 믿고, 복수에 칼을 가는

전장의 늑대들

엠피리쿨은 흉포한 인공두뇌로 개량된 사냥개, 일명 위치파인더 울프들을 이용하여 어떤 종류든 마법을 쓰는 자는 모두 잡아오도록 했다.

특공대

엠피리쿨의 복제 조사관들은 13차원의 소서러 슈프림인 산도르 소조의 구타당한 몸을 검사했다. 소조는 마법에 대한 무자비한 전쟁의 또 다른 희생자였다.

블러드 매직

마카브레 사원의 블러드 몽크는 엠피리쿨의 원래 세상에서 무자비한 마법의 집행자이자 제사장이다. 그들은 닥터 스트레인지의 오랜 적인 슈마고라스를 숭배했다.

▲ **마법을 시작할 때** 닥터 스트레인지의 힘은 줄어들었고, 엠피리쿨에게 대항하기 위해 마법의 파편, 마법 무기, 심지어 위험한 동맹까지 찾아내야 했다.

자다. 어린 임페레이터는 잔혹한 고대 신 슈마고라스가 보살피는 마법 세계에서 감히 과학을 연구한, 사랑 넘치는 부모님 밑에서 자랐다. 행성을 통치하던 블러드 몽크가 부모님의 이단을 발견해 이들을 집에 가두어버렸다. 후에 충직한 부하가 되는 아이봇의 도움으로 소년은 탈출에 성공하지만 곧 부모님이 살해당하는 모습을 목격하고 만다. 임페레이터는 절망감에 찌들어 마법에 관련된 모든 것들을 증오하게 되었고, 이는 성인이 되어 복수를 위해 마법에 대항하는 성전을 일으킬 때까지 이어졌다.

닥터 스트레인지는 가장 강력한 마법을 행사하는 자 중 하나로 알려져 있으며, 지구에서 마법의 불씨를 소멸시키려는 엠피리쿨의 주요 표적 중 하나가 되었다. 그러나 소서러 슈프림은 싸워보지도 않고 물러서려 하지는 않았다.

> **"형제들이여, 우리의 신성한 재판이 시작되었다. 엠피리쿨을 찬양하라. 마법을 타도하라!"**
> — 엠피리쿨

FIGHT TO THE DEATH
죽을 때까지 싸우다

마법의 존재를 지워버리기 위한 차원 탐색 중에 엠피리쿨은 닥터 스트레인지의 생텀 생토럼을 강력한 힘으로 습격했다. 임페레이터가 직접 소서러 슈프림을 공격했을 때, 스트레인지는 세계와 엮어주던 마법의 실이 풀리는 느낌을 받았다. 길이 남을 이 전투에서 스트레인지는 목숨을 걸고 싸웠을 뿐만 아니라 영혼과 마법의 존재를 지키기 위해 노력했다!

생텀 생토럼 침입
닥터 스트레인지는 자신의 집에서 엠피리쿨의 공격을 받자, 이들이 어리석다고 생각했고 과학기술의 힘을 쓰는 적들을 주변의 자연환경을 이용해 막아보려고 했다. 하지만 이런 생각은 엠피리쿨을 과소평가한 것이었다. 적들을 물리치기 위해서는 지구의 마법 에너지를 끌어모아야만 했다.

돌나는 석 엄페레이터는 공중부양 망토를 갈기갈기 찢어버렸다. 자신이 그냥 평범한 맞수가 아니라는 사실을 보여주기 위해서였다.

▼ **마법 vs 과학** 마침내 엠피리쿨과 정면 대결을 펼친 닥터 스트레인지는 자신의 마법이 그들의 슈퍼 과학에 대응하여 조금이나마 방어를 했다는 사실을 알아챘다.

CHAPTER 4
THE ALL POWERFUL

닥터 스트레인지의 능력을 초월하는 자들은 지구의 히어로도,
심지어 도르마무와 같은 존재들도 아니다. 그들은 행성, 은하계,
또는 우주 자체에 영향을 미칠 수 있는 존재들이다. 이터니티,
리빙 트리뷰널, 비욘더와 같은 이런 우주적 존재들은 어떠한
목적을 실행하는 것처럼 보이지만, 그들의 초자연적인 관점은
시공간과 현실을 초월한다. 이러한 사실은 그들을 도덕관념이
없고 매정한 모습으로 보이게 하고, 어떤 사람들은 신과
같다고 말하기도 한다.

THE VISHANTI
비샨티

비샨티는 세 개의 개체로 이루어진 강력한 마법적 존재들로, 각자 아가모토, 호고스, 오슈투르라는 이름을 가지고 있다. 이들은 수천 년이 넘는 기간 동안 인간에게 자애롭게 대해왔다. 비샨티는 인간 마법사들과의 거래를 통해 소서러 슈프림이라는 직위를 만들었다. 누군가가 새로운 소서러 슈프림으로 선택되어 지구의 영웅이자 수호자가 되는 것은, 모두 그들의 권한으로 이루어진다.

> **"전지전능한 비샨티의 힘으로,
> 모든 것을 볼 수 있는 비샨티의 눈으로,
> 내가 너에게 명령한다. 사라져라!"**
> — 에인션트 원

◀ **세 개의 개체** 비샨티는 가끔 자신들의 계획을 달성하기 위해 닥터 스트레인지에게 직접 도움을 요청하기도 한다.

마법의 삼위일체

크톤을 포함한 다른 고대 신들이 운명을 맞이하기 훨씬 이전에, 오슈투르는 다른 세계를 살펴보기 위해 지구를 떠났다. 그렇게 돌아다니다가 그녀는 호고스를 만나, 아들 아가모토를 낳는다. 비록 각기 다른 모습을 하고 있지만, 이 셋이 힘을 합치면 신과 같은 존재인 비샨티가 된다. 그들은 지구를 계속 지켜보면서, 마법사들에게 도움을 주거나 마법 에너지를 빌려주었다. 또한 많은 사람들이 따르고 있는 그들이 창조한 주문서, 비샨티의 책으로 도움을 주기도 했다. 비샨티는 대개 대리인인 소서러 슈프림을 통해 활동하지만, 큰 위험이 오면 인간의 편에서 중재하기 위해 직접 나서기도 하고, 도르마무나 우주 세계의 포식자인 갤럭투스 같은 자들과 싸우기도 한다.

호고스

다른 두 명과 마찬가지로, 호고스는
다양한 형태로 모습을 바꿀 수 있다.
보통 지혜로운 노인의 모습을 선택해
나타난다. 호고스는 마법 세계에서
아주 강력한 존재이며, 호기심이
가득한 우주 탐험가다.

오슈투르

흔히 아름다운 여인의 모습으로
나타나며, 고대 신이자 아가모토의
어머니다. 오슈투르의 힘은 신비한
생명력의 힘으로 알려져 있는데,
논리와 이성의 수호자이기도 하다.

아가모토

아가모토는 애벌레, 호랑이 등 다양한
형태의 모습을 보인다. 아가모토는
지구 최초의 소서러 슈프림이었으며,
그의 힘은 비샨티의 다른 두 명의
힘을 합친 것만큼, 어쩌면 그보다 더
강력하다.

▲ **셋의 힘** 에인션트 윈의 제자 시절, 한번은 비샨티가 스트레인지의 친구인 윙의 생명을 구하기 위해 개입하기도 했다.

WAR OF THE SEVEN SPHERES
일곱 구체의 전쟁

닥터 스트레인지는 비샨티가 도움을 요청하자, 마법 영역을 휩쓸며 일어난 격렬한 전쟁에 합류했다. 스트레인지는 사실 처음에는 협력하기를 꺼렸는데, 그 이유는 전쟁이 그를 지구로부터 수천 년간 멀어지게 할 수도 있었기 때문이었다. 그리고 실제로 그런 일이 벌어졌다. 처음에 스트레인지가 협력을 거절했을 때, 그는 소서러 슈프림이라는 직위를 희생해야 했다. 결국 스트레인지는 요청을 수락하여 비샨티의 편에서 싸웠고, 비샨티의 적인 트리니티 오브 애셔스를 물리치는 데 힘을 더했다. 승리한 비샨티는 시간을 자유자재로 움직여, 스트레인지를 전쟁을 하러 떠나기 전의 지구로 다시 돌려보내 주었다.

사라캐스의 구체
일곱 구체의 전쟁에서 이긴 후 닥터 스트레인지는 안전하게 집으로 돌아갈 수 있었지만, 전쟁 중에 마법의 부적 중 하나인 사라캐스의 구체를 지구에 떨어뜨리고 만다. 이 부적은 실수로 그렘린 로드인 부엘을 풀어주는 데 사용된다. 악의로 가득한 이 생물은 스파이더맨의 도움으로 결국 스트레인지에게 다시 붙잡히게 된다.

◀ **마법 전쟁** 5000년 동안 셀 수 없이 많은 영역에서 벌어진 전쟁에서, 비샨티와 그들의 사악한 적인 트리니티 오브 애셔스는 마법계의 최고 자리를 차지하기 위해 싸움을 벌였다.

ETERNITY
이터니티

시간이 시작되던 때부터 그 끝이 올 때까지, 그곳에는
이터니티가 존재한다. 이 추상적인 우주적 존재는 모든
생명의 화신이다. 이터니티는 무언가 존재가 있는 곳에서
벌어지는 모든 일을 알고 있지만, 그 일에 참여하거나
개입하는 일은 드물다. 물론 우주 규모에서 아주 심각한
결과를 초래하는 위협인 경우를 제외하고 말이다.

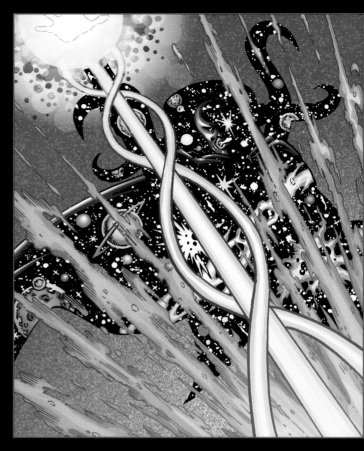

▼ **눈에 *보이는* 우주** 이터니티는
하찮은 존재에게 자신을 드러내고자
할 때, 상대가 받아들이기
쉬운 인간과 비슷한
모습을 택했다.

▲ **방대한 힘** 이터니티는 자유롭게 우주 전체의 에너지를
움직여 가공할 만한 수준의 힘을 쓸 수 있다.

모든 것

이터니티는 우주가 생겨났을 때 함께 태어났다. 전지전능하며 모
든 것을 볼 수 있는 강력한 이터니티는 존재하는 것들 중에 가장 놀
라운 존재임이 분명하다. 비록 '그'가 진정한 형태나 모습을 갖고 있지
는 않지만 말이다. 이터니티는 시공간을 완벽히 지배하며, 어떤 순간
이나 어떤 장소에서라도 모습을 드러낼 수 있다. 추상적인 우주의 화
신으로서, 이터니티는 불멸의 존재다. 이터니티는 모든 것을 통제하
고 변형할 수 있으며, 현실을 자신의 의지대로 바꾸고 개조할 수 있다.
일부 생물체만 그의 존재를 깨닫는 동안, 이터니티는 자신의 힘
에 도전하는 자들과 마주쳤다. 이터니티는 매드 타이탄 타노스가 우

데스
이터니티가 생명의 존재인 곳에서
그의 동기 데스는 생명의 결여다. 이
둘은 우주를 조화롭게 유지시킨다.

인피니티
이터니티의 또 다른 동기인 인피니티는
우주 자체의 광대함을 아우르고,
우주를 더 크게 확장하고자 한다.

▲ **영원을 마주하다** 도르마무와 모르도를 무찌르고, 약화된 에인션트 원을 돕기
위해 더 큰 힘을 찾아 나서면서 닥터 스트레인지는 이터니티와 마주하게 된다.

주의 모든 생명을 죽이려고 했을 때 공격받게 된다. 강력한 외계 종
족인 비욘더즈가 모든 영역에 있는 우주의 강력한 존재를 모조리 파
괴시키려 했기 때문이다. 드물게 이터니티는 끝없는 별들과 우주, 행
성, 우주의 공허함을 아우르는 보잘것없는 생명체인 인간의 모습으
로 자신의 존재를 인식시킨다. 또한 더 강력한 힘이 이터니티를 인
식하게 만들어준다고 생각하는 사람들에 의해 인간의 모습으로 나
타나기도 한다. 이터니티는 필요할 때면, 가끔 닥터 스트레인지와 같
은 대리인을 통해 명령을 수행하게끔 한다. 소서러 슈프림도 때에
따라 이터니티의 지원을 받는다.

> **"이제 내가 분노를 초월했다는
> 사실을 알 수 있겠군."**
> — 이터니티

A DREAMING GOD
꿈꾸는 신

닥터 스트레인지는 한때 나이트메어와 싸우는 이 터니티(와 인류)를 돕기 위해 찾아간 적이 있다. 그 러나 스트레인지가 야심 찬 계획을 세우기도 전어 나이트메어는 우주의 잠에 빠지는 생물들의 에너 지를 모아 이터니티를 재우려고 했다. 나이트메어 는 잠에 빠진 이터니티의 정신에 들어가서 지구가 파괴되는 꿈을 꾸게 했다. 스트레인지는 나이트머 어를 무찔렀지만, 이터니티가 인간을 구하도록 설 득하는 일이 더 힘들었다. 사실 인간은 우주적 존 재들에게는 보잘것없어 보였기 때문이다. 결국 이 터니티는 스트레인지의 말을 듣고 지구를 다시 만 들었으며, 닥터 스트레인지만이 완전히 전멸할 뻔 했던 인간의 운명을 기억하게 되었다.

◄ **이터니티를 찾아서** 나이트메어의 계획에 대응하기 위해 닥터 스트레인지는 이터니티를 찾기 전까지 수많은 현실 세계를 거쳐야 했다.

▲ **해방된 신** 이터니티를 붙잡고 있던 결박은 닥터 스트레인지의 주문으로 산산조각이 난다.

THE LIVING TRIBUNAL
리빙 트리뷰널

의식이 이해할 수 있는 최종 한계선에는 멀티버스가 있다. 그 안에는 무궁무진한 차원과 대체 현실들이 존재하는데, 모두 균형을 유지하며 공존한다. 만일 하나의 현실 세계 또는 차원에서 균형을 해치는 위협적인 일이 일어나면, 리빙 트리뷰널이 질서를 바로잡기 위해 나선다. 비록 그것이 전체 세계나 종족의 파괴를 의미할지라도 말이다. 그렇기 때문에 리빙 트리뷰널 앞에 서는 자는 소서러 슈프림일지라도 반드시 신중을 기해야 한다.

▲ **높은 존재** 인간의 형상으로 나타났을지라도 선과 악, 옳고 그름에 대한 필멸자의 개념은 리빙 트리뷰널에게 아무런 의미가 없다.

현실 세계의 심판

리빙 트리뷰널의 힘은 우주와 마법 모든 면에서 이미 알려진 우주와 그 너머에서도 정점에 있다. 그는 전체 은하계를 없앨 수 있고, 내키는 대로 현실 세계 전체를 바꿀 수 있는 능력을 가졌다. 하지만 이 특별한 존재는 변덕으로 능력을 이용하지 않고, 다중 현실의 균형을 유지하는 것이 자신의 의무라고 여긴다. 리빙 트리뷰널은 홀로 멀티버스를 심판하는데, 그의 결정을 이해하지 못하는 작은 존재들에게는 리빙 트리뷰널의 심판이 가혹해 보일 수도 있다. 타노스가 이 현실 세계에서 모든 생명을 없애버리겠다고 위협을 가했을 때도, 리빙 트리뷰널은 개입하지 않았다. 매드 타이탄 타노스의 행동이 우주의 균형을 엎을 만큼 대단하지 않았다는 이유였다. 하지만 사실은 강한 자만이 살아남는다는 우주의 오래된 법을 따른 것이다.

리빙 트리뷰널은 황금 몸을 가진 거대한 인간의 모습을 하고 있다. 또 세 개의 얼굴을 가지고 있는데, 각자 형평성, 필연성, 복수의 성격을 나타낸다. 일반적으로 리빙 트리뷰널은 형평성의 얼굴로 말한다. 멀티버스에서 가장 강력한 힘을 가진 존재지만, 리빙 트리뷰널은 원어보브올이라는 초월적 존재를 마스터로 섬기고 있다.

◀ **위와 그 너머에** 현실 세계를 통틀어, 냉정하고 아득하며 전능한 존재인 리빙 트리뷰널에게 대적할 자는 없다.

스트레인저

리빙 트리뷰널은 수수께끼 같은 우주적 존재로 알려진 스트레인저가 한때는 자신의 네 번째 성격이었다고 암시했다.

▶ **대면**
히어로 쉬헐크는 리빙 트리뷰널의 세 가지 얼굴인 형평성, 필연성, 분노의 모습을 모두 본 적이 있다

"내 일은 현실의 가장 긴급한 문제들을 심판하는 것이다."
— 리빙 트리뷰널

▲ **멀티버스의 판사** 리빙 트리뷰널은 닥터 스트레인지를
포함한 멀티버스의 모든 양상을 심판대에 올렸다.

심판하는 자들

매드 타이탄 타노스가 현실 세계에서 벌인 범죄를 심판할 때,
리빙 트리뷰널은 동료인 우주적 존재 이터니티, 인비트위너,
인피니티와 함께 판단했다.

◀ **심판의 날** 비록 리빙 트리뷰널이 비욘더즈보다 훨씬 더 큰 존재이지만, 그럼에도 힘을 합친 그들에게는 당해내지 못한다.

DEATH OF A TRIBUNAL
트리뷰널의 죽음

모든 존재를 끝내겠다는 의도를 지닌 실험의 하나로 전능에 가까운 외부 차원의 존재인 비욘더즈는 멀티버스에 존재하는 모든 신과 같은 자들을 파괴하고자 했다. 엄청난 힘을 지닌 외계 종족 셀레스티얼을 시작으로 인비트위너, 이터니티 그리고 다른 존재들을 완파하고 비욘더즈는 마침내 리빙 트리뷰널과 마주했다. 이들의 전투는 모든 현실 세계를 거쳐 동시에 일어났으며, 리빙 트리뷰널이 쓰러질 때까지 이어졌다. 리빙 트리뷰널은 척박한 소행성에 떨어졌고, 그의 육신은 바위로 둘러싸인 환경 속에서 죽은 듯이 보였다.

비욘더즈를 넘어서
비욘더즈와 하나의 우주적 존재 비욘더 사이의 관계는 분명하지 않다. 그러나 옐로재킷 행크 핌은 비욘더즈와 맞닥뜨렸을 때, 비욘더를 보고 "차일드 유닛"이라고 말했다.

THE IN-BETWEENER
인비트위너

삶과 죽음, 선과 악 그리고 사랑과 증오. 존재하는 모든
것의 경계에서 균형을 잡는 존재가 인비트위너다.
우주에서 가장 강력한 힘을 가진 로드 카오스와 마스터
오더에 의해 창조된 인비트위너는 우주의 균형을 맞추는
데 도움이 되기 위한 존재다. 하지만 현실 세계에 대한
그의 엄격한 해석은 자주 정반대의 결과를 가져왔다.

▲ **힘의 균형** 인비트위너는 불화가 있는
곳에서 조화를 만들어내고자 한다. 그러나 그의
성급함 때문에 실패로 이어지는 경우가 많다.

흑과 백

인비트위너의 흑백으로 반씩 나뉜 모습은 우주의 모순을 상징하며,
그는 이에 대해 균형을 이루는 권한을 부여받았다. 인비트위너는 다
른 우주적 존재들만큼 강력하진 않지만, 절대 무시할 수 없는 가공
할 만한 힘이 있다. 인비트위너는 말할 수 없이 강하고, 셀 수 없이
많은 은하를 생각의 속도로 가로지를 수 있다. 또한 물질은 물론, 현
실 세계의 일부를 조종할 수 있는 힘을 가지고 있다. 심지어 우주 도
처에서 일어나는 여러 가지 사건을 조율할 수도 있지만, 그가 모든
것을 다 아는 것은 아니다. 인비트위너가 현명함과 우둔함 사이에
있다는 것도 종종 가장 큰 약점 중 하나가 된다.

닥터 스트레인지와 다른 히어로들이 밝혀낸 바에 따르면 인비트
위너는 모든 것에 흑백이 분명하다. 행동하는 데 있어서 미묘한 판
단을 내리거나 중도적인 방법을 선택할 시간을 두지 않고, 극단적으
로 일을 해결하는 바람에 종종 우주를 위험하게 만들기도 했다. 이
런 모습은 마법사나 우주적 존재들과의 갈등을 불러일으키기도 한
다. 심지어 인비트위너는 자신의 마스터인 로드 카오스와 마스터 오
더에게 더는 둘을 모시지 않겠다고도 했다. 마스터들은 그를 완벽한
균형을 이루는 포켓 디멘션에 감금했고 완전히 무력하게 만들었다.
하지만 유동적인 우주 안에서 인비트위너는 무슨 수를 쓰더라도 항
상 균형을 되찾을 준비를 하고 있을 것이다.

로드 카오스
우주의 무질서를 대표하는 로드 카오스는 현실과 생각의 혼돈을 뜻하는 물리적인 실체다.

마스터 오더
끊임없이 불가분의 관계에 있는 로드 카오스와 다투는 마스터 오더는 균형, 규율, 우주의 구조에 대한 변치 않는 신념을 지녔다.

▼ **우주에서의 만남** 인비트위너와 처음으로 대립했을 때, 닥터 스트레인지는 우주를 재창조하는 크리에이터즈라 알려진 마법사 집단을 이용해 그를 막았다.

"마스터 오더와 로드 카오스가 만든 나. 나는 이터니티도 초월한 존재다."
— 인비트위너

◄ **타이탄과의 대립** 인비트위너는 강력한 인피니티 젬을 소유하고 있었지만 타이탄 타노스에게 빼앗겼다.

그리고 내가 바로
**마법 비술
마스터다!**

◀ **챔피언들의 대결** 인비트위너가 닥터
스트레인지에게 도전하자, 이 마법 비술 마스터는
대결에서 자신이 한 수 위라는 걸 증명해 보였다.

COSMIC COMBAT
우주의 전투

닥터 스트레인지와 우주적 존재 인비트위너는 처음 마주쳤을 때부
터 싸우기 시작했다. 닥터 스트레인지가 이상해진 우주를 온전하게
돌려놓으려고 하자, 인비트위너가 막으려 했기 때문이다. 그들의 전
투는 차원과 현실 세계를 가로지르며 몰아쳤고, 스트레인지가 거의
자기 광기에 굴복하는 것처럼 보였다. 하지만 마지막에 이르러서 에
인션트 원, 클레아, 웡의 도움을 받은 마법 비술 마스터는 인비트위
너에게 로드 카오스와 마스터 오더의 힘을 그대로 돌려줄 수 있었다.

혼돈 속의 질서
한번은 인비트위너의 절반을 차지하고 있던 로드 카오스가 빌런
스콜피오에게 빼앗긴 나머지 절반 마스터 오더를 찾기 위해 스칼렛
위치의 몸을 빌린 적이 있다.

THE BEYONDER
비욘더

우주만큼이나 깊고 알 수 없는 비욘더의 실제 기원은 수수께끼로 남아있다. 현실을 바꾸는 힘은 우주의 다른 대단한 존재들과 맞붙을 수 있을 정도로 뛰어났고, 목적을 찾는 멀티버스의 화신, 너무나 강력한 힘 탓에 자신의 기원도 잊어버린 초인, 현실을 뒤틀어버리는 코스믹 큐브의 힘이 있는 포켓 디멘션에서 탈출한 에너지 일부라는 등의 말들이 많았다. 하지만 그 기원과는 상관없이, 비욘더는 무시할 수 없는 힘을 가진 존재다.

▲ **믿을 수 없는 힘** 비욘더는 한번은 맨해튼을 소행성대로 옮겼고, 닥터 스트레인지와 일루미나티가 관여하기를 유도했다.

◀ **뭉치면 산다**
비욘더의 간섭은 종종, 그가 지구의 히어로들과 갈등하게 만들었다.

코스믹 큐브
소유자가 원하는 대로 현실을 마음껏 바꿀 수 있는 능력을 지닌 사각형 모양의 에너지 덩어리다.

비욘더의 세상
비욘더가 자신의 차원에 연결되면, 그는 태양을 포함한 자기 영역의 모든 부분으로부터 힘을 받는다.

너머로부터

과거 어느 한 시기에 비욘더는 지구인과 그들의 선과 악에 대한 능력에 강한 흥미를 갖게 되었다. 더 자세히 알고 싶었던 그는 히어로와 빌런 들을 납치했고, 그들이 극히 예외적으로 선과 악의 본질을 모두 가지고 있다는 사실을 알아차렸다. 비욘더는 자신이 만든 동떨어진 행성에서 히어로와 빌런 들이 서로 싸우도록 만들었고, 그렇게 하면 그들을 더 잘 이해할 수 있으리라는 희망을 품었다. 비욘더는 이 흥미로웠던 실험의 결과로 인간에 대해 이전보다 더한 궁금증이 생기게 되었다. 결국 비욘더는 지구로 와서 히어로, 빌런, 일반인 들

▲ *이루어진 꿈* 비욘더는 꿈을
현실로 만드는 힘을 가지고
있는데, 심지어 아이언 맨이
원하던 아머도 만들 수 있었다.

> ## "난 최고야!
> ## 내 영역에서는 내가
> ## 바로 우주라고!"
> — 비욘더

과 교류하면서 그들을 더 깊이 이해하고자 했다. 하지만 이 강력한
존재의 거듭된 시도는 종종 답보다 더 많은 질문과 혼란으로 끝났다.

　　힘을 잃고 난 후, 비욘더는 히어로가 되려고 애써보고, 필멸자로
다시 태어나고자 노력해보았지만, 끝내 그는 지구의 히어로들과 자
신과 동등한 힘을 가진 몰러큘 맨과 부딪혔다. 거대한 전투 끝에 비
욘더는 순수한 에너지로 돌아갔고 그가 어느 정도 만족할 수 있는
새로운 차원으로 날아갔다. 비욘더의 최후를 우주가 들었을 것 같지
는 않지만, 마침내 그는 코스믹 큐브가 되었다.

몰러큘 맨
비욘더의 힘과 같은 에너지를 쓸
수 있는 인간인 몰러큘 맨은
가끔은 친구로, 가끔은 적으로
비욘더와 충돌하기도 했다.

▶ *충돌하는 세계* 멀티버스를 없애려는
비욘더즈의 활동 때문에 차원 간의
인커전이 일어났고, 현실 세계가 충돌하며
히어로들이 서로 싸우게 되었다.

SECRET WARS
시크릿 워즈

우주적 존재 비욘더즈에 의해 격변하는 사건들
이 연속으로 일어나고 수없이 많은 현실 세계의
영웅들이 서로 싸우게 되었다. 결국 모든 존재가
파괴되었고, 닥터 스트레인지, 닥터 둠, 몰러큘
맨에게 비욘더즈로부터 빼앗은 힘을 이용하여
세상을 구하는 임무가 맡겨졌다. 그들이 찾은 해
결책은 잃어버린 세상의 조각들을 합쳐서 만든
행성인 배틀월드였다. 배틀월드는 몰러큘 맨과
판타스틱 포의 미스터 판타스틱이 현실 세계를
복원하기 전까지 닥터 둠의 지배를 받았다.

분자 조종자
비욘더와 같은 폭발적 에너지를 쓰며, 몰러큘
맨으로 알려진 오언 리스는 이계의 비욘더즈가
짠 계획에서 중요한 열쇠였다. 하지만 닥터 둠
덕분에 현실 세계를 구할 수 있었다.

CHAPTER 5
MYSTIC REALMS

지구 영역의 너머에는 상상과 묘사조차 하기 힘든 무수히 많은
초자연적인 세계와 형이상학적인 차원들이 존재한다. 이러한
기묘하고 경이로운 영역에서는 시간과 거리, 지구의 물리학 법칙이
전혀 의미가 없다. 필멸자의 눈으로는 볼 수 없고 보이지도 않는
곳이지만, 닥터 스트레인지에게는 예외다. 뉴욕에 있는 생텀
생토럼에서 닥터 스트레인지는 위험을 무릅쓰고 혼란스러운
질문에 대한 답을 찾거나 자신의 세계에 닥쳐올 위협에
맞서기 위해 이 신비한 영역들로 떠났다.

SANCTUM SANCTORUM
생텀 생토럼

뉴욕의 그리니치빌리지 중심부에 있는 닥터 스트레인지의 저택 생텀 생토럼은 단순히 집이 아닌 마법 마스터의 본부 역할을 하는 곳이다. 이 건물은 방대한 규모의 서재와 스트레인지가 수집한 마법 도구들, 빛과 어둠, 지구 너머의 영역으로 가는 통로도 있다.

마법의 방어벽
생텀 생토럼은 마법 공격으로부터 영원히 보호받는다. 닥터 스트레인지가 복잡한 주문으로 방어벽을 만들어 집의 기반 에너지를 높였기 때문이다.

▼ **스트레인지의 안식처** 이웃 주민들은 이 건물을 '주술사의 집'이라고만 알고 있고, 대부분이 이 집의 진정한 목적은 전혀 모르고 있다.

마법의 저택

페노 플레이스의 한쪽 모퉁이, 블리커 거리에 장엄하게 서 있는 이 빅토리아 스타일의 3층짜리 저택은 적갈색 사암으로 지어졌으며, 경사진 지붕에는 거대하고 화려하게 장식된 원형 창문이 있다. 일부 주민들은 이 건물이 소서러 슈프림의 생텀 생토럼이라는 사실을 알고는 있지만, 그 안에 얼마나 많은 수수께끼가 숨겨져 있는지는 알리 없었다.

　수세기 전, 토속 신앙과 미국 원주민들의 종교의식을 지내던 곳에 세워진 이 저택은 건물의 토대 아래에 지맥이 흐르고 있으며, 현재의 건물은 신비한 에너지가 모이는 특별한 지점이라고 할 수 있다. 그 결과 이 저택은 지역에서 귀신이 나오는 집으로 유명해졌는데, 사실 집에서 나오는 그 에너지 때문에 닥터 스트레인지가 주거지이자 작전기지로 선택한 것이다.

　귀신이 나오는 것과는 거리가 먼 이 생텀 생토럼은 사실상 마법의 힘으로 '살아있는' 곳이다. 스트레인지의 충직한 조력자인 웡이 관리를 도맡고 있는데, 집의 정확한 규모는 알려지지 않았지만 내부는 외관으로 보이는 것보다 그 규모가 클 것이라 추측된다. 몇몇 방들은 한 자리에 고정되어 있지만 왜곡된 시공간에 둘러싸여 있어, 미로 같은 복도와 계속해서 움직이는 방 들을 수도 없이 찾아볼 수 있다.

　꼭대기 층은 이 저택에서 가장 중요한 장소다. 닥터 스트레인지의 명상실뿐만 아니라 현존하는 마법 도구와 유물들을 수집해놓은 거대한 전시실이 마법 도서관과 함께 있다. 소중한 아가모토의 구슬 또한 이곳의 특별 보관실에 있다.

디펜더스의 공간
생텀 생토럼은 닥터 스트레인지의 오래된 동맹인
디펜더스의 작전기지로 활용되기도 했다.

세계의 창
닥터 스트레인지의 명상실에는
세계의 창이라는 특별한 창문이
있는데, 비샨티의 문장인 아노멀리
루의 패턴으로 장식되어 있다.

▲ **화재** 생텀 생토럼은 어마어마한 마법의 힘으로 둘러싸여
있지만, 종종 위협을 받기도 한다. 최근에는 엠피리쿨이 닥터
스트레인지와 그의 집에 엄청난 공격을 퍼부은 적이 있다.

"그곳에는 칙칙한 적갈색 사암의
집이 있지···. 저택은 언제나 홀로
당당하게 서 있다. 그곳의 고독한
주인인 바로 나처럼!"
― 닥터 스트레인지

▼ **생각의 방** 닥터 스트레인지의 소중한 명상실은
생텀 생토럼의 가장 꼭대기 층에 있다.

THE DARK DIMENSION

다크 디멘션

▲ **악마 가디언** 다크 디멘션에 들어오자마자, 닥터 스트레인지는 규란틱 가디언과 정면 대결했다. 가디언의 의지력 테스트를 거쳐야만 앞으로 나아갈 수 있었다.

다크 디멘션은 우리 세계와는 다른 세계로, 수많은 현실 세계들이 차곡차곡 모여 만들어진 방대한 우주의 영역이다. 닥터 스트레인지의 가장 위험하고 강력한 적인 폭군 도르마무가 지배하고 있으며 한때는 무룩이라는 마법사들이 살았던 곳이다. 아주 오래전에 도르마무와 그의 여동생이자 스트레인지의 연인 클레아의 어머니인 우마르가 반대하는 모든 이들을 없애고, 이 영역의 통치권을 빼앗았다. 그 후에 잠시 동안 클레아가 지배자였던 시기도 있다.

닥터 스트레인지가 처음으로 다크 디멘션에 들어갔을 때 하나의 눈, 여섯 개의 팔이 달린 살아있는 조각상 규란틱 가디언의 도전을 받았다. 결투에서 이긴 스트레인지는 자신이 다른 현실 세계로 가는 포털들이 즐비한 외계 환경에 있다는 사실을 알게 된다. 그때 한 포털에서 갑자기 어둠의 존재가 불쑥 튀어나와 스트레인지를 공격했고, 도르마무가 있는 곳으로 가려는 그를 막으려 했다.

하지만 마침내 도르마무와 정면으로 맞서게 되었고, 클레아는 더욱더 위험한 존재인 마인들리스 원스를 보여준다. 제한된 영역에 갇혀 먹잇감을 찾는 이 괴물들은 도르마무의 마법 방어막 안에 갇혀있었고, 이 때문에 도르마무는 계속해서 힘을 소모해야 했다.

성채
다크 디멘션의 거대한 권좌는 바로 성채에 있다. 이곳에서 도르마무와 여동생인 우마르가 다크 디멘션을 통치한다.

'다크'라는 이름

늘 변화하는 겉모습 때문에 다크 디멘션은 지옥처럼 보일 때가 있다. 특히 외부인들이 길을 찾다 다크 디멘션으로 들어왔을 때 그렇게 느낀다.

난폭한 마인들리스 원스

클레아는 닥터 스트레인지에게 만약 도르마무와 싸우게 된다면 마인들리스 원스가 풀려날지도 모른다고 경고했다. 아니나 다를까 도르마무가 스트레인지를 공격하자, 쉽게 파괴할 수 없는 흉포한 괴물들이 풀려나 미친 듯이 날뛰었다.

▲ **위가 아래로** 다크 디멘션은 영역을 왜곡할 수 있다. 닥터 스트레인지와 뮤턴트 비스트가 갔을 때 발견한 사실이다.

▲ **두려운 폭군** 돌로 만든 의자에 앉아서 도르마무는 오직 정신력으로 다크 디멘션을 통치했다. 자리를 빼앗긴 적도 있지만, 언제나 그렇듯 다시 왕좌를 되찾았다.

DIMENSION OF DREAMS
드림 디멘션

닥터 스트레인지는 악마의 차원인 드림 디멘션에서 나이트메어를 맞닥뜨린 경험이 많고 새로운 소서러 슈프림이 되어 닥터 부두로 불리게 된 브라더 부두 또한 이 영역에 온 적이 있다. 닥터 둠이 사악한 음모를 꾸미면서 닥터 부두는 드림 디멘션으로 쫓겨나 지구로 돌아가는 방법을 찾아야만 했다. 불행히도, 그로 인해 나이트메어가 지구를 악몽이 현실이 되는, 살아있는 비현실의 세계로 변화시킬 수 있게 되었다.

▼ **작은 꿈을 꾸라** 자신의 무시무시한 드림 디멘션에서 안전하게 나이트메어는 닥터 부두를 자신의 명령대로 움직이도록 조종했다.

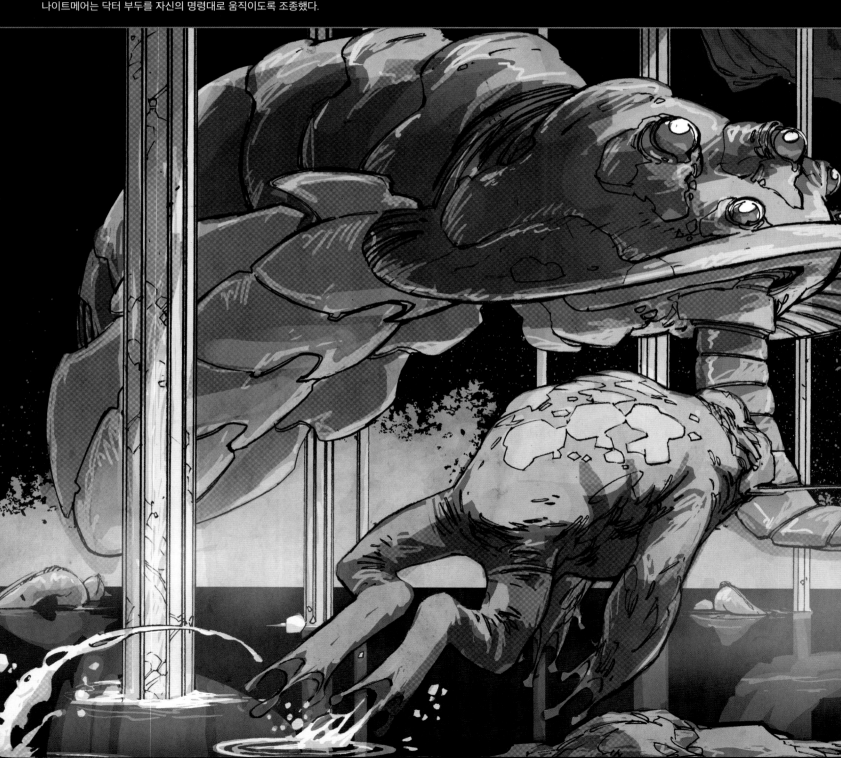

절규

지구로 가는 길을 찾은 후, 나이트메어는
기이한 환각의 영역인 자신의 드림 디멘션과
비슷해지도록 지구의 구조를 바꾸어버렸다.
닥터 부두는 나이트메어에 저항했고,
마지못한 닥터 둠의 도움으로 지구를 다시
정상으로 되돌려놓을 수 있었다.

FIRES OF HELL
지옥의 불길

끝없이 깊숙한 지옥은 악마와 죽은 영혼들이 사는 주거지다. 닥터 스트레인지의 가장 강력한 적들은 이 지하 세계에 대한 권리를 주장하고 있다. 소서러 슈프림은 지옥에 들어갔다가 살아 돌아와 그곳 이야기를 들려줄지도 모른다. 하지만 대부분의 다른 이들은 지옥에 영원히 갇혀 살아갈 수밖에 없는 운명이다.

▲ **불길 속의 회의** 악마들의 의회에서 비어있는 사탄의 권좌를 둘러싸고 악마들이 모여서 지옥의 문제에 대해 의논하고 있다.

◀ **고통의 구렁텅이**
악마와 죽은 자의 고통
받는 영혼으로 가득 차 있다.

지옥

때로는 하데스라고도 불리는 지옥은 불과 유황으로 가득 차 있고, 온갖 종류의 악마들이 모여있는 곳이다. 여러 구역으로 나뉘어, 각각의 지배자들이 통치한다. 그들 중 몇 명은 지난 수년간 닥터 스트레인지의 큰 적이었는데, 도르마무, 사타니쉬, 메피스토 등이 있다.

메피스토가 지배하는 곳은 시간이 매우 느리게 흘러가며, 지구에서의 며칠이 여기서는 마치 몇 년이 흐른 것처럼 느껴진다. 닥터 스트레인지가 메피스토의 손아귀에서 어머니의 영혼을 자유롭게 해주고 싶다는 닥터 둠의 끊임없는 요청으로 함께 온 이곳은 정말 최악의 장소였다.

지옥에 있는 악마 플루토는 닥터 스트레인지의 강력한 적 중한 명이다. 마법 비술에 능한 플루토는 타르타로스 젬과 같은 강력한 물건들을 사용했다. 이 마법 유물은 닥터 스트레인지와 동료 디펜더스를 마법 기둥 안에 가뒀지만, 젬이 점차 약해지더니 순식간에 마법의 힘이 떨어져 버렸다. 메피스토와 마찬가지로 플루토 또한 초인들과 많은 전투를 했는데, 배운 점이 있다면 자신의 힘을 아무리 다 쏟아도 쉽게 정복할 수 있는 상대가 아니라는 사실이었다.

많은 악마가 지옥 전체를 통치할 수 있는 진정한 지도자인 사탄이 필요하다고 이야기한다. 하지만 후보자 중에서 그 누구도 사탄의 자리를 욕심내지 못하고 있다. 악마들이 모이는 중립 지역의 그랜드 홀에는 사탄의 권좌가 있다. 만약 어느 악마든 사탄의 칭호를 갖기 위해 자리를 차지한다면, 그 즉시 다른 악마들이 공격할 거라는 사실을 알고 있기 때문이다.

플루토

불멸의 플루토는 지하 세계를 다스리는 올림포스 신이며, 지옥의 군주가 되고자 한다. 플루토는 억누를 수 없는 힘과 막강한 마법의 능력을 소유하고 있으며, 닥터 스트레인지와의 마법 전투에서 그 힘을 발휘했다.

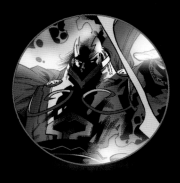

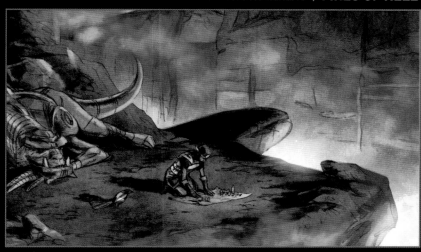

헬라

북유럽 죽음의 여신인 헬라는 아스가르드의 영역인 헬과 니플헤임을 통치했다. 속임수의 신 로키는 메피스토의 지옥 일부를 차지하려는 헬라의 계획을 돕는다.

▲ **헬과 지옥살이** 장난의 신 로키는 악마 술투르를 막기 위해 전사로서 죽지 않고 평범하게 죽은 아스가르드인 영혼의 마지막 안식처인 헬로 갔다.

메피스토

전능한 메피스토는 지옥의 많은 영역을 통치한다. 이 악마는 종종 인간과 거래하여 그들의 영혼을 손아귀에 넣기 위해 사탄의 모습으로 나타나기도 한다.

> **"널 덜덜 떨게 만들어주마!**
> **이 메피스토 님을 보거라!"**
> ― 메피스토

루시퍼

과거에 루시퍼는 지옥에 갇힌 천사였다. 하지만 지옥에 있는 동안 거짓말의 왕자라는 악마로 알려지게 되었으며, 자신이 무시무시한 지배자라는 사실을 증명했다.

마르둑 쿠리오스

다른 어떤 악마들보다도 마르둑 쿠리오스는 자신이 진정한 '사탄' 또는 '악마'라고 생각한다. 아들인 다이몬 헬스트롬은 닥터 스트레인지와 가까운 동료로, 나중에 사탄의 아들로 알려진다.

▶ **지옥의 통치자들** 지옥의 군주들은 지옥에 영원히 가둘 영혼을 더 늘리기 위해 끊임없이 계략을 꾸미고 있다.

◀ **영원의 끝** 이터니티의
영역에 도착한 소서러 슈프림은
불가해한 규모와 기묘한
느낌에 압도당하고 만다.

THE REALM OF ETERNITY
영원의 영역

불멸이며 모든 곳에 동시에 존재하는 이터니티는 추상적인 존재로 우주 자체를 변형할 수 있다. 닥터 스트레인지는 모르도 남작이 에인션트 원을 공격한 후에 처음으로 이터니티를 만났다. 아가모토의 눈을 이용하여 스트레인지는 이터니티의 심령 차원으로 갔는데, 그곳은 우주적 존재가 인간의 모습을 하고 있는 곳이었다. 그곳에서 이터니티는 닥터 스트레인지에게 더 강력한 힘이 아닌 지혜로 어떻게 모르도와 도르마무 같은 적들을 물리칠 수 있는지 설명해주었다.

별을 따르라
닥터 스트레인지는 이터니티의 영역에서 자신의 위치를 찾으려고 노력하다가, 다른 별들보다 유난히 빛나는 별을 찾아냈다. 그 별의 빛을 따라가다 보니 소우주 안의 우주에 다다랐고, 그 우주는 스트레인지가 편하도록 인간의 형태로 바뀌었으며, 둘은 서로 대화할 수 있게 되었다.

REALMS BEYOND IMAGINATION
상상을 초월하는 영역들

초기부터 닥터 스트레인지는 지구의 경계뿐만 아니라, 우리 세계 너머에 존재하는 수많은 차원들을 가로질렀다. 이러한 영역들은 시공간이 아무런 의미가 없고 물리학 법칙도 적용되지 않으며, 앞으로 어떻게 될지 전혀 예측할 수 없고 곳곳에 위험이 도사리고 있다.

바 위드 노 도어즈
맨해튼 뒷골목에 숨겨진 이 바는 마법을 다룰 줄 아는 모든 마법사들을 위해 음식과 술을 제공하는 곳이다. 세계 어느 곳에 있어도 바에 들어올 수 있으며, 닥터 스트레인지가 동료 마법사들과 어울리기 위해 모이는 이상적인 만남의 장소다.

꿈의 도시
스산할 정도로 텅텅 빈 고요 속의 꿈의 도시는 잠을 자는 거대한 존재의 등 위에 세워졌다. 닥터 스트레인지가 이 혼란스러운 차원 안에서 자신의 꿈에게 공격받았을 때, 그는 재빨리 머리를 굴리고 주문을 외워서 그 교활한 생명체의 은신처에서 빠져나갔다.

이상한 차원
여기서는 모든 존재가 샨자르에게 지배당하거나 파괴되었는데, 샨자르는 자신을 '이상한 세계'의 소서러 슈프림이라고 주장했다. 닥터 스트레인지는 이 독재자가 지구로 눈을 돌려, 헐크를 숙주 삼아 지구를 침략하려 하자 샨자르와 싸워 이겼다.

사악한 림보 디멘션
악마의 마법 차원인 이곳은 '아더플레이스'라는 이름으로도 알려진, 타락한 포켓 유니버스다. 악의 마법사 벨라스코가 대부분 지배하고 있는데, 닥터 둠에 의해 정복당하기도 했다.

영원한 파멸의 지옥
이터니티의 비밀을 찾다가 닥터 스트레인지는 우울하고 기이한 세계에 잠시 갇히게 된다. 여기서는 폭군 마스크의 악마가 부주의하게 들어온 자들을 속여 자신의 노예로 만든다.

크톤의 점치기 수정

아이티에 있는 닥터 부두의 생텀인 훈포에는 크톤의 점치기 수정이 유령의 벽에 숨겨져 있다. 수정은 소서러 슈퍼림에게 어떤 곳의 마법사든 몰래 관찰할 수 있게 해준다.

클락 디멘션

사타니쉬의 제자인 마법사 네크론과의 결투에서 닥터 스트레인지는 위험한 클락 디멘션으로 내던져졌다. 스트레인지는 그곳이 '캄캄한 어둠' 속에서 날카로운 시계추를 피하기 위해 애써야 하는 영역이라는 걸 깨달았다.

6차원

티보로의 우상이 지구에 나타나는 것은 그 주인도 곧 나타날 거라는 징조였다. 에인션트 원은 스트레인지에게 티보로가 있는 6차원으로 가라고 조언했다. 그곳에서 스트레인지는 외계의 폭군 티보로와 마법 대결을 펼치게 된다.

퍼플 디멘션

이 우주는 무자비한 아거몬이 지배하는 곳으로, 거주민들은 모두 탄광으로 보내져 보석을 캐내야만 한다. 두 명의 불운한 사기꾼들이 스트레인지에게서 젬을 훔쳐 갔을 때, 젬은 사기꾼들을 퍼플 디멘션으로 이동시켜버렸다. 그들을 따라간 스트레인지는 도둑들을 내놓으라며 아거몬에게 결투를 신청했다.

알려지지 않은 영역

닥터 스트레인지가 사라진 클레아를 찾기 위해 절망에 빠진 채로 빅토리아 벤틀리와 함께 알려지지 않은 영역으로 갔다. 그곳에서 스트레인지는 워리어 스켈레톤과 싸웠는데 이 모든 것이 도르마무가 만들어낸 허상이었음을 깨닫는다.

INTO DITKOPOLIS
딧코폴리스 안으로

닥터 스트레인지가 가보았던 모든 차원과 영역 들을 통틀어, 가장 놀랍고 겉보기와 달리 위험한 곳은 바로 딧코폴리스였다. 소서러 슈프림은 딧코폴리스의 지배자인 마법사 엘렉트라의 꼬임에 빠져 이곳에 오게 되었는데, 엘렉트라는 자신의 힘을 키울 수 있도록 돕고 딧코폴리스를 구해달라고 스트레인지에게 간청했다. 그러나 사실 엘렉트라는 그저 자기 자신만을 위해 더 강력한 힘이 필요했을 뿐이며 목적을 달성하기 위해서는 온갖 수를 다 쓸 생각이었다.

엘렉트라

마법사인 엘렉트라는 놀라운 마법 능력들을 가졌고, 딧코폴리스의 전체 에너지를 단 한 번의 주문으로 모두 불러낼 수 있다. 그럼에도 엘렉트라는 동생인 셀레스트의 힘을 얻어 더 강력해지길 원했고, 닥터 스트레인지를 데려와 자신의 계획을 돕게 만들려고 했다.

▲ **힘을 얻기 위한 인질** 닥터 스트레인지와 엘렉트라의 대결은 현실 세계와 환상 공간을 넘나들며 이루어졌다. 전투는 엘렉트라가 빛나는 젬 안에 인질로 가둔 웡을 드러낼 때까지 이어졌다.

화려함과 거짓의 영역

에인션트 원의 부름을 받은 닥터 스트레인지는 친구이자 동료인 웡이 알려지지 않은 영역인 딧코폴리스로 납치되었다는 사실을 알게 되었다. 딧코폴리스로 가는 포털을 열고 들어간 소서러 슈프림은 아름다운 장소에 감탄하면서도 왠지 모를 불길한 예감을 느낀다. 그때 갑자기 땅이 스트레인지를 삼킬 듯이 일어났고 스트레인지는 딧코폴리스의 지배자인 엘렉트라의 공격을 받고 있다는 걸 알게 되었다. 스트레인지는 엘렉트라와 마법 대결을 펼쳤지만, 곧 전투를 멈춰야 했다. 엘렉트라가 웡을 인질로 잡고 만약 스트레인지가 자신이 원하는 대로 하지 않으면 인질을 죽이겠다고 협박했기 때문이다. 닥터 스트레인지는 엘렉트라와 함께 수도로 갔다. 거기서 엘렉트라는 돌

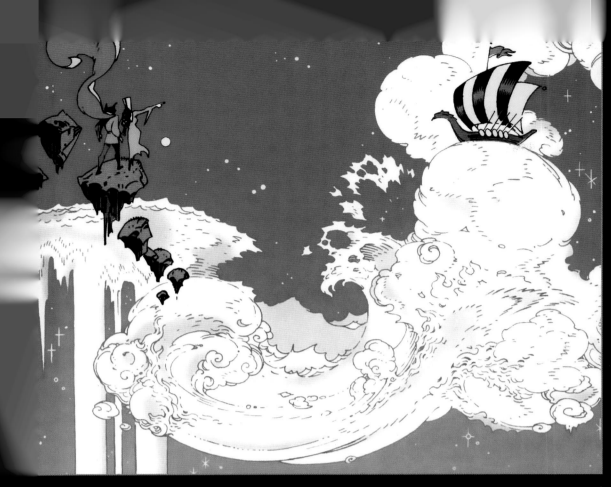

갤투스
강 근처에서 천사 비슷한 존재인 갤투스를 발견한 것은 엘렉트라였다. 엘렉트라는 바로 그에게 푹 빠졌지만, 갤투스는 셀레스트만 바라보았고 결국 엘렉트라가 아닌 셀레스트와 사랑에 빠졌다.

배야, 이리 온 엘렉트라는 닥터 스트레인지와 바다를 건너 수도로 가기 위해 천상의 파도를 건너는 배를 소환했다.

셀레스트
로크 왕은 셀레스트와 엘렉트라에게 힘을 나누어 주면서 둘을 마법으로 이어놓아 서로를 절대 해칠 수 없게 했다. 하지만 이를 받아들이지 못한 엘렉트라는 주문을 걸어 동생의 마음과 감각을 가두었고 텅 빈 몸만 남겨두었다.

돌아가신 아버지인 로크 왕이 엘렉트라와 동생인 셀레스트에게 힘을 나누어 주었는데, 현재 셀레스트는 병들었고 딧코폴리스가 죽어가고 있다고 설명했다. 하지만 스트레인지는 곧 진실을 알게 되었다. 모든 힘을 갖고자 하는 욕망에 엘렉트라가 동생을 마음을 표현할 수 없는 말 못하는 포로로 만들었고, 셀레스트의 연인인 갤투스는 백조 동상으로 만들어버린 것이다.

윙을 지구로 돌려보내기 전에, 닥터 스트레인지는 엘렉트라가 힘을 손아귀에 넣을 수 있도록 돕는 것을 거절하고 셀레스트와 갤투스를 풀어준다. 이에 격분한 엘렉트라는 셀레스트와 갤투스를 공격

빛과 어둠의 도시 딧코폴리스의 수도는 겉으로는 화려하게 보이지만,

FANDAZAR FOO
판다자르 푸

닥터 스트레인지가 마법사들이 명상하고 생기를 되찾을 수 있는 파라다이스로 묘사한 판다자르 푸는 마법의 힘이 풍부한 차원이 서로 교차하며 생긴 곳이다. 하지만 마법을 극단적으로 증오하는 엠피리쿨이 판다자르 푸를 공격해 마법의 기미가 보이는 어떤 것이든 모두 없애버리면서, 평온은 완전히 부서져 버렸다. 스트레인지는 최근 마법이 실패하는 원인을 찾기 위해 이 신비한 교차로에 왔다가 소서러 슈프림의 시체로 어지럽혀진 황폐한 장소를 발견하고 충격에 빠진다.

달팽이 습격

인가워리는 달팽이 종으로 마법 에너지를 먹고 살며, 한때 판다자르 푸에 흔히 서식했다. 하지만 엠피리쿨이 이곳의 마법 에너지를 모두 빼앗아가자, 달팽이들은 닥터 스트레인지의 생텀 생토럼 포털을 통해 지구로 도망쳐왔다.

◀ **잃어버린 파라다이스**
평온한 마법 영역이었던
판다자르 푸는 완전히
파괴되었고, 황량한 불모지로
쓸쓸히 남게 되었다.

CHAPTER 6
SPELL BOUND

소서러 슈프림이 지구의 영역을 보호하기 위해서는
악마와 인간을 모두 주의해야 한다. 닥터 스트레인지는
인류를 지배하려는 모든 위협으로부터 인간을 지키고
보호하겠다는 신성한 맹세를 했다. 스트레인지는 뛰어난
마법사로서 지구의 적들과 싸우기 위해 여러 가지
대단한 마법들을 사용했다. 비샨티, 라가도르, 호고스 등
다른 초자연적인 존재의 힘을 불러들일 수 있었고,
또한 도르마무, 사타니쉬와 같은 적들의 암흑
에너지를 이용해 주문을 외우기도 했다.

INCANTATIONS AND CONJURATION
주문과 마법

닥터 스트레인지는 철저한 훈련과
주술 공부를 통해 더 넓은 범위의 마법
능력을 지니게 되었다. 어마어마한
지적·정신적 자원을 얻으면서, 주변의
마법 에너지를 통제하고 이용할 수
있게 되었다. 또한 특정 주문을 외워
강력한 존재들을 소환하고, 그들의
능력을 가져와 쓸 수도 있다.

◀ **마법 무기고** 닥터
스트레인지가 쓸 수 있는
능력 중 일부를 소개하자면 에너지
보호, 방어막, 조작, 염력 등이 있다.

세라핌의 방패
닥터 스트레인지가 강력한 마녀 마르갈리에게
공격당했을 때, 마녀가 쏜 마법 광선들을 막기
위해 세라핌의 방패를 사용했다.

주문과 존재

닥터 스트레인지가 가지고 있는 가장 강력한 무기
는, 믿을 수 없이 강한 힘을 가진 마법 존재들을 소
환할 수 있다는 것이다. 지구의 소서러 슈프림으
로서 스트레인지는 자신의 후원자인 비샨티를 자
주 소환했다. 비샨티를 모두 불러내거나, 주문에
따라 오슈투르와 아가모토, 호고스 각자를 불러낼
수도 있다. '세라핌의 방패'처럼 특정한 보호 주문

의 힘을 더 크게 늘리기 위해 "영원한 비샨티의 이
름으로!"라고 외치기도 하고, 필요하다면 더 많은
주문을 사용할 수도 있다. 예를 들어 '호고스의 안
개'는 다른 영역으로 가는 포털을 열어줄 것이고,
'호고스의 길'은 이동하는 자를 위해 좁긴 하지만
안전한 길을 만들어줄 것이다.
　스트레인지의 마법 전략은 많은 노력과 경험
을 거친 마법으로 짜여있다. '무노포르의 달'은 마
법으로 환상을 만들어내고, 상대방의 주문을 깰 수

"불타는 발탁과 두려운 크라칸이여, 당신들의 힘을 모두 여기로 모아주소서!"
— 닥터 스트레인지

발토르의 안개
닥터 스트레인지는 우마르가 시전한 죽음의 주문을 앞서야 했을 때처럼 자신의 속력을 높여야 할 때, '발토르의 안개'와 '라가도르의 반지'를 사용한다.

고대 문서
닥터 스트레인지는 마법의 다양한 측면을 모두 마스터하기 위해 계속 신비한 고대 문서들을 찾아봐야 했는데, 그중 일부는 인간의 기원보다 앞선 흑마법에 대한 지식도 들어있었다.

있도록 도와준다. '라가도르의 반지'는 심지어 리빙 트리뷰널과 같은 존재들까지도 사용하는 강력한 속박 주문이다. 그리고 '발탁의 화살'은 강력한 마법 에너지의 폭발을 일으키는 주문이다.

　닥터 스트레인지는 대개 백마법을 사용하지만, 가끔 사타니쉬와 도르마무의 흑마법의 힘을 소환할 때도 있다. 하지만 얼마나 위험한 일인지 잘 알고 있으므로 소서러 슈프림이라 할지라도 굉장히 조심해서 사용한다.

▲ **호고스의 이름으로** 닥터 스트레인지는 비샨티 중 하나인 호고스의 이름을 불러 마법 공격력을 더욱 키울 수 있다.

THE OCTESSENCE
악트에센스

악트에센스를 구성하는 존재들의 기원은 베일 속에 가려져 있다. 닥터 스트레인지는 마법사로서, 그 존재들의 이름을 부르고 주문을 시전해 여러 가지 강력한 마법 효과를 얻었다.

어느 옛날에 악트에센스의 존재들은 누가 가장 강한지 논쟁을 벌이기 시작했다. 그들은 '악트에센스의 도박'이라 이름 붙인 내기를 만들었으며, 각각의 존재들은 작은 힘이 담긴 물건을 만들어 필멸자들에게 넘겨주는 것에 동의했다. 이 물건들은 지구에 숨겨졌고, 이를 찾아낸 인간은 이그젬플러라고 불리면서 악트에센스의 도박에서 누가 이길지를 결정하기 위해 싸우게 되었다. 이들의 마지막 전투는 아직 승자가 나오지 않았고, 이그젬플러는 계속해서 지구에서 문제를 일으키고 있다.

파랄라
파랄라를 불러내면 다른 차원의 굳게 닫힌 문을 열기 위한 힘을 얻을 수 있다. 또한 잘라낼 수 없는 끈을 만들어 상대를 붙잡을 수도 있다.

이콘
이콘은 강력한 환상을 만들어내는 능력이 있으며 사람들의 마음을 조종할 수 있다. 이콘의 존재는 사차원을 혼란스럽게 만든다.

와툼
'와툼의 바람'을 만드는 자로, 이 존재는 다른 영역으로 가는 포털을 열어주는 힘의 근원이다. 와툼을 불러내면 순간 이동을 해서 빠르게 여행할 수 있다.

▶ 이그젬플러의 연합
이그젬플러가 모두 뭉치면 그 힘은 어마어마하다. 뉴욕 상공에서 펼쳐진 이그젬플러와의 전투에서 어벤저스가 뼈저리게 느낀 결론이다.

라가도르

라가도르는 강력한 속박 주문으로 상대방의 힘을 묶어 방해할 수 있다. 또한 상대방을 추방하는 주문을 할 수 있고, 움직이는 속도를 높일 수 있으며, 순간 이동을 돕기도 한다.

발탁

종종 부서진 에너지의 형태로 모습을 드러내는 발탁은 자신의 이름을 부르는 추종자들에게 순수한 마법 에너지로 가공할 만한 힘의 화염 광선을 내뿜게 해준다.

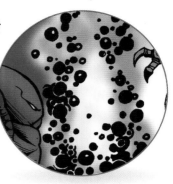

발토르

용 같기도 하고 기체 같기도 한 발토르는 '발토르의 연기'의 원천이다. 발토르가 쏟아내는 이 힘은 본질적으로도 매우 파괴적인 경향이 있다.

크라칸

아마도 악마에 가까운 존재인 크라칸은 주문을 막는 마법 능력을 줄 수 있다. 그들은 상대의 힘을 약화하고 마법을 방해할 수 있다.

시토락

시토락은 물리적인 힘이 막강하다. 시토락의 '붉은 끈' 주문은 거의 끊어지지 않는 끈으로 상대방을 붙잡을 수 있다!

▶ **돌아가는 붉은 물결** 닥터 스트레인지는 모든 마법을 이용해서 아이언 매니악에 대항했지만, 오직 시토락의 '붉은 끈'만 효과가 있었다.

CRIMSON BANDS OF CYTTORAK
시토락의 붉은 끈

시토락의 '붉은 끈'은 신비한 에너지가 깃든 붉은 끈으로, 거의 끊어지지 않으며 상대방을 붙잡거나 순간 이동으로 멀리 보내버릴 수 있는 마법이 부여되어 있다. 닥터 스트레인지는 시토락의 '붉은 끈'을 공격할 때와 방어할 때 모두 이용해왔다. 다른 현실 세계에서 온 또 다른 토니 스타크(아이언 맨보다 닥터 둠과 비슷한 아머를 입었다)가 날뛸 때, 스트레인지는 이 '아이언 매니악'을 시토락의 '붉은 끈'으로 사로잡았다. 스트레인지가 외웠던 다른 주문과 다르게 이 속박의 주문은 스타크가 주변을 폭파해 일으킨 혼돈 속에서 탈출하기 전까지, 짧은 시간이나마 효과적이었다.

'붉은 끈'과 녹색의 헐크
닥터 스트레인지는 한때 시토락의 '붉은 끈'을 사용해 헐크를 붙잡은 적이 있었다. 그러나 마법의 강력한 힘에도 불구하고, 녹색의 헐크는 '붉은 끈'을 파괴해 벗어남으로써 스스로가 마법이 통하지 않는 몇 안 되는 존재라는 것을 증명했다.

TRAVEL AND TELEPORTATION

이동과 텔레포트

소서러 슈프림의 임무는 지구 전체를 수호하는 일이다. 이는 종종 다른 영역으로 확장되기도 하며 심지어 우주를 훨씬 넘어서는 영역까지 포함하기도 한다. 그래서 스트레인지는 모든 마법의 교통수단을 이용해 목적지에 도착하고, 악의 세력을 좌절시킨다.

▼ **저 너머로 가는 입구** 닥터 스트레인지는 다양한 종류의 주문을 이용하여 다른 공간, 다른 시간, 다른 차원으로 그를 이동시킬 포털을 열었다.

자주 가지 않는 길

소서러 슈프림은 수많은 마법 도구들을 마음대로 사용할 수 있다. 만약 짧은 거리를 이동한다거나 위험한 곳에서 재빨리 떠나야 한다면 스트레인지는 공중부양 망토를 사용할 수 있다. 이것은 머릿속으로 살짝만 명령해도 스트레인지를 하늘 높이 띄워줄 수 있는 수단이다. 그러나 시간과 거리 그리고 다른 물리적 장애물이 길을 막으면 닥터 스트레인지는 자신의 육체에서 심령체를 분리할 수도 있다.

마법사의 원뿔
'마법사의 원뿔'은 위험한 순간에 적을 순간 이동시킬 수 있는 주문이다. 하지만 도르마무처럼 강력한 적에게는 통하지 않는다.

▲ **이성의 끝으로** 스트레인지는 상상을 초월하는 방법으로 현실 세계를 이동한다.

무형의 심령체는 물질계의 법칙으로부터 해방된 상태이며 단단한 물체를 뚫고 지나갈 수 있는 능력과 순식간에 엄청난 거리를 이동하는 능력이 있다. 이렇게 육체에서 벗어난 스트레인지는 공기도, 음식도, 물도 필요 없고 가장 강력한 마법을 제외한 모든 위험에서 벗어난 상태다. 또한 닥터 스트레인지는 동맹을 맺은 히어로나 다른 사람들과 중대한 임무로 빨리 만나야 할 일이 있어 먼 거리를 이동해야 할 때, 영혼을 심령체로 분리하여 보내는 방법을 쓰기도 한다.

먼 거리를 가로지르거나 다른 차원으로 가는 문을 열 때, 마법 비술 마스터는 '와톰의 바람' 또는 '호고스의 안개'와 같은 주문을 외워 자신이나 다른 사람을 순간 이동시킬 수도 있다. 소서러 슈프림으로서 시간 여행을 하기 위해 마법의 수단을 이용하기도 하는데, 물론 절대 간단한 일은 아니다. 또한 과거의 아주 작은 변화가 미래에 엄청난 영향을 미칠 수도 있으며, 그 일을 항상 스트레인지가 예견할 수 있는 것도 아니다.

"희미하게 반짝이는 빛, 또 다른 세계로 가는 입구로구나!"
— 닥터 스트레인지

심령의 분리
유령처럼 눈에 보이지 않는 닥터 스트레인지의 영혼은 긴급한 일이 터졌을 때 육체와 분리되어 필요한 곳으로 날아갈 수 있다.

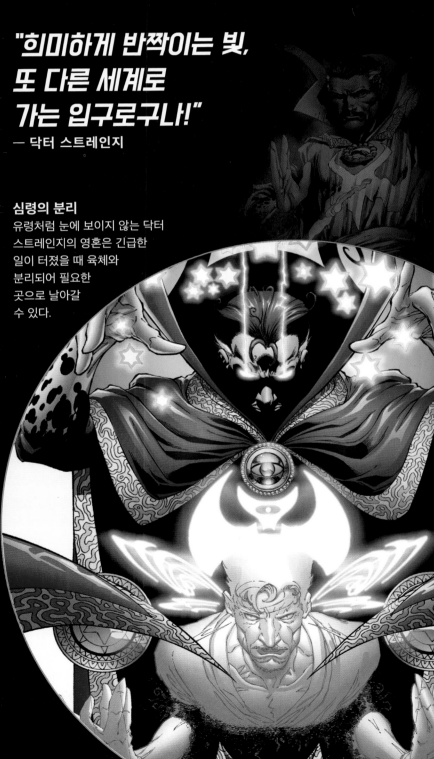

공중부양 망토
주요 코스툼인 공중부양 망토의 장점은 바로 지구를 넘어선 영역에서도 별다른 주문 없이 스트레인지가 날아서 이동할 수 있게 해준다는 점이다.

아가모토의 눈
수많은 소유물 가운데 아가모토의 눈은 닥터 스트레인지와 동료 히어로들이 굉장히 먼 거리를 순간 이동할 수 있게 해준다. 심지어 우주만큼 방대한 거리도 가로질러 이동할 수 있다!

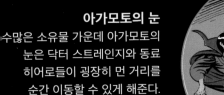

이상한 차원
다른 차원들은 물리학이나 지구의 법칙을 따르지
않는다. 형태와 관점, 심지어 시간도 모두 꿈과
같은 풍경 속에서 기묘할 만큼 매우 다르다.

OTHER REALMS,
OTHER WORLDS
다른 영역, 다른 세계

닥터 스트레인지는 도르마무의 다크 디멘션부터 필멸
자들의 세계, 우주를 가로지르는 등 다양한 영역을 돌
아다녔다. 하지만 때로는 굉장히 위험하고 기이한 곳
으로 가기도 했다. 한번은 소울이터라는 유목 민족이
점령한 어린 소년의 영혼 속으로 들어가기도 했다. 그
들의 괴물 같은 대표자를 물리친 닥터 스트레인지는
이 네더스피어의 거주민들에게 소년의 영혼이 다치지
않게 떠나라고 설득했다.

▶ 어린아이의 물건들
닥터 스트레인지가 소울이터의
사악한 무리와 맞붙었을 때,
순수한 어린아이의 내면세계에
있는 테디 베어들과 꽃들이
기이한 전투 현장을 만들었다.

MASTER OF MANY ARTS

많은 능력을 갖춘 마스터

소서러 슈프림으로서 닥터 스트레인지는 몸과 마음, 영혼을 동반한 수많은 기술과 마법에 능통했다. 그의 목적은 오로지 하나, 마법을 이용하든 안 하든 지구를 수호하는 일이다.

최고의 전략가

사악한 자들로부터 계속해서 쏟아지는 위협에서 지구를 보호하면서 닥터 스트레인지는 뛰어난 전략가로 인정받았다. 또한 디펜더스와 일루미나티와 같은 히어로 팀의 리더를 맡고 있다.

무기를 쓰는 마법사

닥터 스트레인지는 마법이 깃든 무기들, 예를 들어 칼이나 도끼 등을 다루는 데 능숙하다. 어떤 주문은 스트레인지의 강력한 무기를 더 강하게 만들어준다.

▲ **안개 속의 마스터** 소서러 슈프림은 '발토르의 연기'를 이용하여 상대에게 접근하는 것을 숨길 수 있다.

스트레인지의 능력

스트레인지는 처음 에인션트 원의 제자가 된 이후로 계속 몸과 마음을 단련시켜 인간에게 잠재된 모든 능력을 발휘하고자 했다. 그는 마법과 함께 이런 능력들을 강화시켰다. 게다가 최면술에 재능이 있는데다가 닥터 스트레인지는 텔레파시로 사람의 마음을 읽고 다른 사람들과 소통을 할 수 있다. 이 능력은 아가모토의 눈과 함께하면 더 향상되어 강인한 마음도 자세히 들여다볼 수 있다. 스트레인지는 우주 사이로 흐르는 주위의 마법 에너지 속에 있는 파동을 맞추고, 명상을 통해 특정한 사건에 집중하거나 다른 차원으로 자신의 의식을 확장할 수 있다.

스트레인지의 마법 지식은 주문을 외우고 외부 차원의 존재들의 힘을 소환해낼 수 있도록 만들어주었다. 이를 통해 스트레인지는 에너지 광선을 쏘고, 방어막을 튼튼히 세우거나 환상을 만들어내고, 불을 만들 수 있다. 스트레인지는 다른 차원으로 이동할 수도 있는데, 육체뿐만이 아니라 심령체를 분리하여 이동하는 것 또한 가능했고 원치 않는 존재를 인간세계에서 쫓아내고 방어막을 세울 수도 있으며, 다른 영역으로 적들을 추방할 수도 있다. 이러한 능력은 그가 마음대로 쓸 수 있는 능력 중 일부일 뿐이다.

닥터 스트레인지는 마법의 힘으로 불멸의 존재가 되었다. 스트레인지는 항상 엄청난 운동과 무술 훈련으로 몸을 최상의 상태로 유지했다. 그렇기는 해도 여전히 죽임을 당할 수도 있었고 몸에는 음식과 휴식이 필요했다.

▲ **거울 이미지** 문드래건과 마법적·정신적으로 싸우면서, 닥터 스트레인지는 자신의 모습을 마술로 여러 개 만들어 문드래건에게 혼란을 일으켰다.

> **"나 닥터 스트레인지가 가진 마법의 힘이 어디까지인지 세상은 절대 알지 못할 것이다."**
> — 닥터 스트레인지

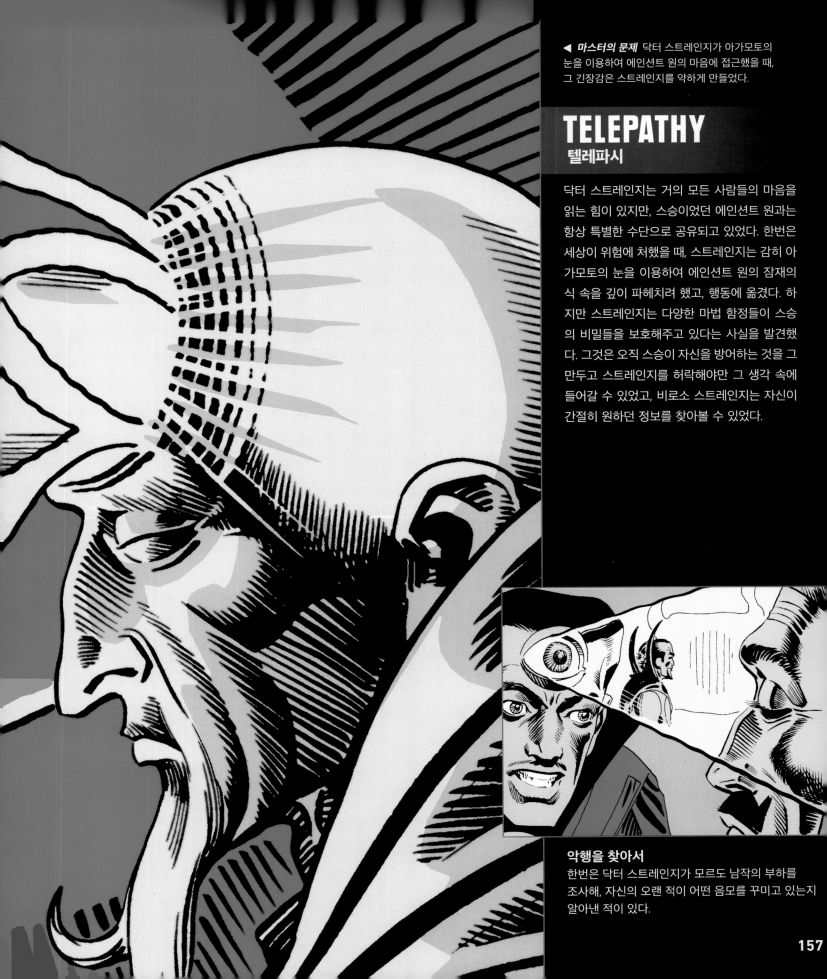

TELEPATHY
텔레파시

닥터 스트레인지는 거의 모든 사람들의 마음을 읽는 힘이 있지만, 스승이었던 에인션트 원과는 항상 특별한 수단으로 공유되고 있었다. 한번은 세상이 위험에 처했을 때, 스트레인지는 감히 아가모토의 눈을 이용하여 에인션트 원의 잠재의식 속을 깊이 파헤치려 했고, 행동에 옮겼다. 하지만 스트레인지는 다양한 마법 함정들이 스승의 비밀들을 보호해주고 있다는 사실을 발견했다. 그것은 오직 스승이 자신을 방어하는 것을 그만두고 스트레인지를 허락해야만 그 생각 속에 들어갈 수 있었고, 비로소 스트레인지는 자신이 간절히 원하던 정보를 찾아볼 수 있었다.

악행을 찾아서
한번은 닥터 스트레인지가 모르도 남작의 부하를 조사해, 자신의 오랜 적이 어떤 음모를 꾸미고 있는지 알아낸 적이 있다.

157

CHAPTER 7
OBJECTS OF ENCHANTMENT

닥터 스트레인지가 에인션트 원으로부터 마법에
대한 폭넓은 훈련을 받고 소서러 슈프림이 되었을 때,
스트레인지는 존재하는 마법 도구와 부적 들을 모두
수집하기 시작했다. 아가모토의 눈과 공중부양 망토는
스트레인지의 힘에 가장 중요한 요소이자 그의 코스튬이며,
다른 물건들은 스트레인지의 능력을 강화해 흑마법과
싸우고 지구를 보호하는 데 쓰인다. 이러한
부적들은 스트레인지가 현재 가장 뛰어난
마법사임을 보장한다.

THE EYE OF AGAMOTTO

아가모토의 눈

물리적 차원에서 가장 강력한 마법 도구 중 하나인 아가모토의 눈은 공중부양 망토에 달려있고, 닥터 스트레인지를 영원한 마법의 영역들로 연결해준다.

비샨티의 아가모토는 진실, 힘, 통찰, 총 세 개의 눈을 만들어냈다. 이 중 하나가 닥터 스트레인지가 이용하는 마법 애뮬렛인 아가모토의 눈이다.

아가모토의 눈은 전통적으로 아가모토가 택하는 소서러 슈프림이라는 역할에게 수여된다. 지혜와 백마법의 무기는 애뮬렛 속에 들어있는 '눈'으로, 깊은 곳에서부터 뿜어져 나오는 신비로운 빛이 스트레인지에게 모든 환상과 위장을 간파할 수 있는 능력을 준다.

모든 것을 보는 눈
애뮬렛 속의 눈은 눈부시게 밝은 빛을 뿜어내며, 모든 그림자와 속임수를 비추고 그 속에 깊이 묻혀있는 진실을 파헤친다.

빛나는 힘
눈에서 나오는 마법의 빛은 다양한 악의 존재들을 약하게 만들 수 있다. 이 존재들에는 악마들, 언데드, 외부 차원의 존재들, 흑마법을 부리는 인간들이 포함된다.

아가모토의 구슬
눈은 아가모토의 구슬과 마법으로 연결되어 있으며, 지구에 가해지는 위협을 감지하기 위해 다른 차원들을 볼 수 있다.

160

◀ **다용도의 눈** 닥터 스트레인지는 다른 존재들의 마음을 캐내기 위해 아가모토의 눈을 사용할 수 있다. 또한 마법 방어벽을 세울 때와 과거를 보거나 엄청나게 무거운 물체를 띄울 때 사용할 수도 있고, 심지어 다른 차원으로 가는 포털을 열 때도 사용했다.

애뮬렛이 눈으로

닥터 스트레인지의 견습생 기간 초기에 에인션트 원은 그에게 아가모토의 애뮬렛을 주었다. 스트레인지의 능력이 더 능숙해지면서, 그는 더 강력한 눈을 얻게 되었다. 아가모토의 눈을 사용하면 말 그대로 이마에 '세 번째 눈'이 나타나고, 엄청난 힘을 소환해 사용할 수 있다.

BOOKS OF MAGIC
마법책

생텀 생토럼에 있는 닥터 스트레인지의 서재는 많은 양의 신비로운 책들과 주술서들이 즐비하다. 악한 존재가 공격하거나 지구가 위협받을 때, 소서러 슈프림은 이 마법책에서 해결 방법을 찾는다. 그러나 스트레인지의 무적의 컬렉션 안에는 마법사, 악마, 신, 괴물들에 대한 고대 지식이 담긴 다른 비밀의 책들이 더 있다.

▲ **많은 책**
닥터 스트레인지는 생텀 생토럼의 서재에서 막대한 양의 책들을 불러낼 수 있다.

▲ *계몽* 닥터 스트레인지는 흑마법에 맞서기 위해 비샨티의 책을 자주 펼쳐 봤다.

무겁고 큰 책들

닥터 스트레인지가 소유하고 있는 서적 중 가장 소중한 책은 바로 비샨티의 책으로, 우주 속 백마법의 가장 위대한 원천이 들어있다. 비샨티가 이 책을 최초로 쓴 저자로 알려졌지만, 이후 세대를 거듭하면서 마법사들이 내용을 점차 늘려갔다. 이 책은 원래 아틀란티스의 마법사인 바르네의 손에 넘어갔었는데, 그는 나중에 세계 최초의 뱀파이어가 되었다. 그리고 클레오파트라 여왕과 신 마르둑이 이 책을 소유했다가, 에인션트 원에 의해 자유롭게 되었다. 이 책은 에인션트 원이 세상을 떠나자, 마침내 닥터 스트레인지에게 넘어오게 되었다.

비샨티의 책과 대응하는 책은 다크홀드, 일명 죄악의 책으로 고대 신 크톤의 흑마법에 대한 지식이 기록되었다. 다크홀드는 모건 르 페이, 모드레드 더 미스틱이 이용했고, 심지어 닥터 스트레인지도 이용했다. 스트레인지는 다크홀드 속에 있던 지구

◀ 흑마법
다크홀드에는 어떻게 뱀파이어, 좀비, 늑대인간 들을 만들고, 어떻게 그들을 없애는지 쓰여있다.

칼리오스트로의 책
칼리오스트로의 책은 이탈리아의 주술 지식 수집가가 쓴 책이다. 그의 모든 지식과 다크홀드의 자료들이 추가로 포함되어 있으며, 천 년 뒤의 미래에서 온 마법사 시세넥의 잘 알려지지 않은 가르침들도 일부 들어있다.

고령의 징기스의 일기
인류가 시작한 때부터 살았다고 알려진 고령의 징기스는 지구에서 살아있는 마법사 중 가장 나이가 많다. 징기스는 일기장에 자신이 지금까지 배운 것들에 대해 써놓았는데, 다른 차원에서 그만 책을 잃어버리고 말았다.

> **"이 낡아빠진 책장 안에 마법 비술에 대응하는 모든 주문이 쓰여있다니!"**
> — 닥터 스트레인지, 비샨티의 책에 대해

상에 있는 모든 뱀파이어들을 뿌리 뽑기 위한 주문인 '몬테시 포뮬러'를 쓰기도 했다. 책의 일부분은 다크홀더라고 불리는 추종자들에 의해 세계 각지로 퍼지고 있다.

존경받는 다른 마법책들로는 칼리오스트로의 책과 고령의 징기스의 일기, 제레드나의 책, 슈마고라스의 철갑 책이 포함되어 있다. 이러한 책들은 슈마고라스와 다른 악의 존재들이 만들었으며, 그 목적은 책을 이용하여 지구에 세력을 확대하기 위해서다.

비샨티의 책
닥터 스트레인지는 매우 귀중한 가치를 지닌 비샨티의 책을 마법의 아우라로 감싸고, 보이지 않는 방어막까지 추가로 쳐두었다.

◀ **보호 마법** 비샨티의 책 속 신성하고 오래된 페이지들은 닥터 스트레인지가 방대한 마법 에너지를 불러낼 수 있게 해주었다. 단, 오로지 방어를 위해서다.

THE BOOK OF THE VISHANTI
비샨티의 책

비샨티의 책은 스트레인지의 마법 무기 중 굉장히 중요한 부분을 차지하고 있다. 그리고 뉴욕 생텀 생토럼에 있는 닥터 스트레인지의 서재에서 어떤 책과 비교해도 반박할 수 없을 정도로 절대적인 힘을 가진 가장 대단한 책이라 할 수 있다.

약 2만 년 전에 바빌론에서 써진 이 책은 그 내용이 끝이 없고, 표지에는 비샨티의 문장이 그려져 있다. 책 속의 주문은 다른 종류의 마법에 대응하기 위해 고안되었고, 절대 공격을 위해서는 사용되지 않는다.

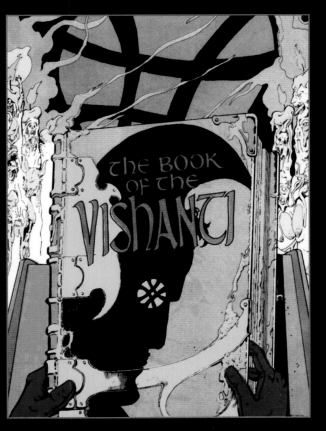

구출한 비밀들
스트레인지는 마법사 우르소나가 그의 소중한 마법 유물들을 훔쳐 가는 것을 막으려다 생텀 생토럼이 파괴되었을 때 책을 잃어버렸다. 하지만 이때 아가모토가 책을 자신의 영역으로 옮겨놨다가 나중에 돌려주었다.

TOOLS OF THE TRADE
거래의 도구

닥터 스트레인지는 엄청난 마법 도구 수집가로 유명하다. 그중 일부는 지구의 소서러 슈프림으로서의 역할에 굉장히 중요하며, 다른 일부는 화려하고 이색적인 코스튬에 필수적이고 어마어마한 힘을 끌어올려 주기도 한다. 또 스트레인지가 마법에만 정신을 집중할 수 있게 도와주는 도구도 있다. 그리고 강력한 마법 무기들도 가지고 있는데, 그중에는 칼과 도끼 등 철저한 관리가 필요한 것도 있다.

마법사의 무기고

공중부양 망토는 닥터 스트레인지가 소서러 슈프림으로서 입는 복장의 필수 요소다. 빨간색과 노란색이 섞인 이 망토는 한때 에인션트 원의 소유였으나 스트레인지가 도르마무와의 첫 번째 전투에서 이긴 보상으로 수여되었다. 망토와 망토 착용자의 관계는 매우 가깝다. 망토는 명령을 알아듣고 착용자가 가진 마법의 힘에 의존한다.

공중부양 망토는 내구성이 강하지만 그렇다고 파괴할 수 없을 정도는 아니다. 망토는 수많은 전투에서 훼손되었지만 마법적인 재료와 신비한 마법의 직조 기술로 만들어졌기 때문에 일반적인 도구로는 고칠 수조차 없다.

생텀 생토럼에서 가장 가치 있는 마법 도구 중 하나는 스트레인지의 개인 명상실에 있는 우주의 솥이다. 솥에서 올라오는 연기는 우주의 모습을 비춘다. 소서러 슈프림에게 이 솥은 명상에 없어서는 안 될 큰 도움을 준다.

닥터 스트레인지의 수집품 중에 특히 탐나는 아이템으로는 와툼의 지팡이가 있다. 현존하는 다섯 개의 마법 지팡이 중 하나며, 다양한 마법사들을 거쳐 스트레인지의 품으로 왔다. 스트레인지는 워렌 트래블러와 같은 마법사에게 와툼의 지팡이를 빼앗긴 적도 있다. 이 지팡이는 소서러 슈프림이 소유할 수 있는 가장 뛰어난 도구 중 하나로, 소서러 슈프림이라는 직위를 잃게 된다면 가장 먼저 내줘야 할 것 중 하나다.

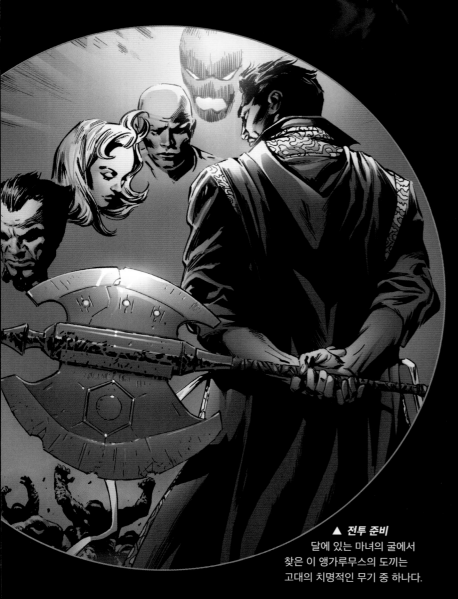

▲ 전투 준비
달에 있는 마녀의 굴에서 찾은 이 앵가루무스의 도끼는 고대의 치명적인 무기 중 하나다.

공중부양 망토
공중부양 망토는 트렌치코트나 판초, 심지어 마법의 양탄자 같은 평범하고 편리한 다른 모양으로도 변형할 수 있다.

▲ **호루스의 세 번째 눈** 닥터 스트레인지는 마법 무기들을 다양하게 가졌을 뿐만 아니라 호루스의 세 번째 눈과 같은 유용한 마법 도구로 무장했다. 이 마법 마스크를 쓰면 마법의 그림자 생물 같은 인간의 눈으로 볼 수 없는 것을 볼 수 있다.

우주의 솥

우주의 솥은 주로 닥터 스트레인지가 명상을 할 때 쓰지만, 과거와 미래를 들여다볼 때도 사용한다.

◀ **와툼의 지팡이**
이 지팡이는 사용자의 생각으로 간단히 조종할 수 있다. 원소들을 변형하고, 포털을 열거나 마법 에너지를 강화할 때, 마법으로 공격하거나 막을 때 모두 사용된다.

죽은 자의 손

1만 5000년 전에 만들어진 죽은 자의 손은 외부 차원으로 이동할 수 있게 해주는 건틀렛이다. 이것을 끼면 시공간의 영역으로 들어가 믿을 수 없는 속도로 이곳저곳을 이동할 수 있으며 심지어 동시에 여러 공간에 존재할 수도 있다.

INFINITY GEMS
인피니티 젬

인피니티 젬은 상상을 뛰어넘을 정도로 강력한 힘을 가진 여섯 개의 돌로 각각 영혼, 힘, 시간, 현실, 정신, 공간을 나타낸다. 개별적으로도 강하지만 한데 모아 동시에 사용하면 소유자에게 신에 견줄 만큼 파괴적인 힘을 선사한다!

본디 소울 젬이라고 알려진 이 우주의 돌들은 자살한 한 전능한 존재의 유물이다. 조각난 그의 정수가 여섯 개의 돌 형태로 만들어졌다. 엘더즈 오브 더 유니버스가 이 돌들을 세계의 파괴자 갤럭투스와의 전투를 위해 한데 모았다. 하지만 매드 타이탄 타노스가 이 젬들을 가로챘고, 자신의 황금 장갑에 장착해 '인피니티 건틀렛'이라고 명명한다. 나중에 결국 이 젬들은 일루미나티의 소유가 되었고, 이들은 인피니티 건틀렛이 두 번 다시 악한 자의 손에 들어가지 않게 하겠다고 굳게 다짐했다.

소울 키퍼
일루미나티는 인피니티 젬을 모아, 지구를 공격하는 데 사용하지 못하게 했다. 리드 리처즈는 일루미나티 멤버들에게 젬을 나눠주었다. 닥터 스트레인지에게는 소울 젬을 맡겼고, 스트레인지는 이 젬을 비밀 장소에 숨겨서 안전하게 보관했다.

◀ **엄청난 힘을 휘두르다** 인커전으로부터 지구를 구하기 위해 일루미나티는 젬들을 다시 모으기로 했다. 스트레인지는 숨겨둔 장소에서 소울 젬을 가져왔지만, 계획은 실패로 돌아갔고 인피니티 젬은 산산조각이 나거나 사라지고 말았다.

마인드 젬
다른 존재들의 생각과 꿈을
알 수 있는 초능력과
염력을 쓸 수 있다.

스페이스 젬
모든 차원에 존재하는
공간을 조작하고, 현실
세계를 거쳐 물건을
어디로나 순간 이동시킬
수 있다.

리얼리티 젬
현실 통제와 조작을 할
수 있으며 자연법칙을
완전히 거스르는 일도
가능하다.

타임 젬
과거, 현재, 미래를
통제할 수 있으며
시간의 흐름을 늦추거나
빠르게 할 수도 있다.

파워 젬
우주에 존재하거나
존재할 모든 에너지와 힘,
초능력을 쓸 수 있다.

소울 젬
산 자와 죽은 자의 영혼을
공격, 통제, 변형할 수 있는
권한을 준다.

멈출 수 없는 힘
인피니티 젬을 모두 함께
사용하면 힘의 한계가
무한대로 올라간다. 아이언
맨은 사악한 후드에게서
인피니티 건틀렛을
빼앗았을 때 이러한
사실을 알아챘다.

▶ 광기 어린 힘
타노스는 데스에게
주는 선물로, 인피니티
건틀렛을 이용해 우주의
살아있는 존재 중 절반을
쓸어버린 적이 있다.

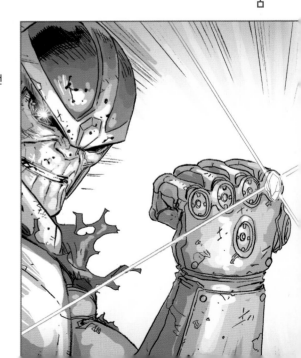

GLOSSARY

용어 사전

신비 Arcane
신비롭고 베일에 싸인 어떤 것으로, 극소수의
사람들만이 이해할 수 있다.

심령 Astral
심령 또는 심령 세계를 뜻하는 무형의
영역으로, 오직 마법이나 초자연적인
힘으로만 접근할 수 있다.

모임 Cabal
비밀리에 활동하는 규모가 작은 집단이란
뜻으로, '카발'이라 불리는 슈퍼 빌런들의
모임도 있다.

우주적 존재 Cosmic being
은하계 수준의 힘을 소유하고 있는 존재로,
인간 또는 슈퍼 히어로를 초월한다.

사이보그 Cybernetic
부분적으로라도 인공적인 기계 또는 전기
기술로 구성되어 있는 존재다.

악마 Demon
지옥의 다양한 영역에서 살고 있는 신비로운
존재로, 악한 인간들의 영혼을 먹으며 산다.

거주자 Denizens
어떤 영역 또는 차원 등 특정한 장소에 사는
자들을 말한다.

차원 Dimension
장소, 물질, 에너지를 포함한 독립된 우주
또는 영역을 말한다.

도플갱어 Doppelganger
또 하나의 자신을 말하며 초자연적인
유령이라고 할 수 있다.

엘드리치 Eldritch
불가사의하고 으스스하며 기이한 존재를
함축한 표현이다.

외부 차원 Extra-dimensional
지구와는 다른 차원, 다른 우주에서 온 존재나
사물을 설명할 때 쓴다.

주문 Incantation
마법 주문을 걸기 위해 입 밖으로 내는 말을
가리킨다.

인커전 Incursion
두 개의 우주가 충돌하여 붕괴하는 것으로,
완전한 파괴로 이어진다.

마법사 Mage
마법과 주술에 대한 지식이 뛰어나고
능숙하게 사용하는 자를 말한다.

마법 비술 Mystic Arts
강력한 마법사가 되는 데 필요한 기술들로,
주문 암송, 텔레파시, 심령체 분리 등이 있다.

멀티버스 Multiverse
다양한 대체 우주의 집합으로, 모두 비슷한
모습이다.

강령술 Necromancy
죽은 자와 대화하기 위해 사용하는
흑마법이다.

전능한 Omnipotent
한계가 없는 신에 가까운 힘이 있으며, 우주를
통제할 수 있음을 말한다.

점치기 Scrying
특정한 물건을 통해 이미지나 비전을 보려는
행위를 말한다.

서큐버스 Succubus
살아있는 존재, 특히 남자의 정기를 먹고 사는
여성 악마다.

초인 Superhuman
보통 사람은 갖고 있지 않은 놀라운 능력 또는
힘을 소유한 자를 말한다.

초월 Transcendence
일반적 상태 또는 물질적 상태를 훨씬
넘어서는 것을 가리킨다.

INDEX 찾아보기

해당 항목의 주요 내용은 **굵은 글자**의 페이지에 있습니다.